淘氣阿隆

——王興隆 著

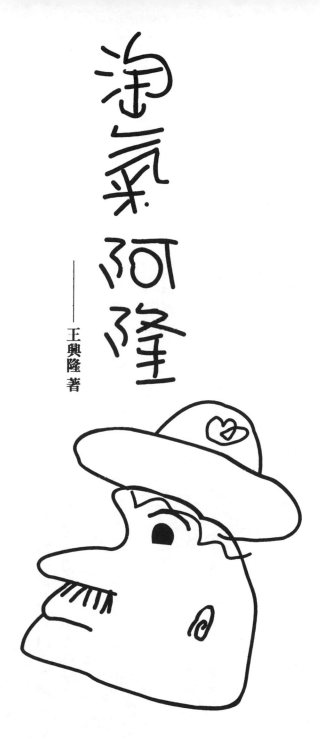

《淘氣阿隆》新版序

不知不覺淘氣阿隆年屆七十歲，台南一中創校一百週年慶，阿隆推薦高一同班同學韋啟承為百年校史傑出校友。他因在東港海邊救人而遭海流捲入外海失蹤，地方感念小義士捨生成仁，建造銅像供民眾緬懷。

阿隆是班長鄭重推薦，讓母校評審委員知道韋啟承比我優秀。他若在世成就一定比我傑出。

以下是我的七十年的學經歷：

各大學巡迴演講公告。本人三十年來到十多所大學演講，從早期鼓勵在校生修電腦課程培養第二專長，中期分享創業心得如何賺人生第一桶金，近期傳播如何幫窮人賺錢濟弱扶傾、如何尊師重道、如何實現夢想。

每場演講贈三位龍門典範人物的作品各兩百份。

葉倫會老師編著，台北孔廟文化之美彩本一〇三頁（台北文史古蹟導覽一四四四〇場）

張瑞雄校長文選集二〇六頁（榮獲美國總統終身成就獎，史懷人類關懷獎）
簡文秀老師世界名曲演唱光碟片（榮獲全球多項獨唱金獎）
演講預定十一月，十二月應各校邀請，先聯絡優先配合時間，原則十二所大學。
聯絡手機　0928410079
王興隆
本人相信尊敬各種宗教
本人不涉政治

王興隆

主要學歷

永康國小一、二、三年級
新化國小四年級
成功國小五、六年級
金城初中
台南一中
成功大學工程科學系
政治大學企管所企業家班

美國杜蘭大學MBA

主要經歷

請參閱《淘氣阿隆》

傑出成就事蹟與特殊貢獻

帶領國喬電腦公司同仁開發純軟體國喬漢碟中文系統漢江中文文書處理系統，使中文電腦從一台二十五萬降為一台三萬，讓每台PC變成中文電腦，促進台灣中文電腦普及化

召集三十位博士專家組成捷運科技顧問團協助台北捷運同仁解決木柵捷運系統危機

三度組團考察大陸科研機構與投資環境，有秩序進行設廠，降低製造成本提振台灣資訊電子產業全球競爭力

創辦繁榮社會企業公司，不接受捐款無人領薪全志工奉獻，濟弱扶傾以十的十次方號召志工行善，為窮人賺錢倡導投資行善團，將獲利五成幫助窮困弱勢

送給數以千計單親媽媽與學童助學金二千多萬

內含十八樣，米、大燕麥、肉鬆、醬油、罐頭食品的公益福袋三萬箱，給各地偏鄉弱勢

捐贈三十二家社福機構，每家十萬元

明年（二〇二二）將再多贊助五十家，每家十萬元

榮獲

榮獲全國大專運動會標槍金牌
二〇二一年全大運聖火環台第一棒
榮獲科技記者聯誼會票選年度最佳科技首長獎
榮獲全國傑出資訊人才獎
榮獲成功大學校友傑出成就獎
榮獲交通部頒發捷運貢獻獎
上海電子一條街六十家公司聯合董事長
創設龍門基金
頒發龍門典範人物獎座獎金
表揚為台灣貢獻卓著讓後起之秀有見賢思齊之好典範
提供學生助學金急難慰問金
贊助學生學習量子電腦新知
單親媽媽萬元祝福紅包致贈
資助志工學習身體自我保健

作者序

演好人生這齣戲

《淘氣阿隆》這本書問世，得感謝熱心的承毓琳小姐，一九九五年九月，她安排我上李建復主持的「台北之音——台北OFFICE」的「老闆VS.員工」現場叩應節目。在該節目中，建復問我幾個難忘的自我改造經驗，得到聽衆極爲熱烈的回響。他們來電、來信，都希望我將更多的往事所得的啓示寫成書公諸於世，讓大家參考。

在「商周文化」社長何飛鵬兄的安排下，本已訂好書名爲「成功的啓示一百則」，寫了三十則後，心想應該優先寫一本大朋友、小朋友都喜歡看的好書，於是利用金鼠年的春節七天假期，足不出戶，夜以繼日，一天寫十六小時，一口氣寫了六十九篇難忘的往事，把我父母的祖先與父母的成長也做了記載。由於只寫到我就業前，有些好友建議我將這幾年應邀到各大專院校、各大企業與電腦公會、軟體協會演講的「八個經營盲點」、「上班族十個成敗的關鍵」附在書後，讓讀友在哈哈大笑之餘，也能進一步認識自我改造後的「淘氣阿隆」，因此將它們收於附錄中，讓讀友們多幾個思考的空間。

王興隆

各位讀友只要花三小時看我小時候的林林總總，便可分享我二十年的成長啓示與喜悅。若能勾起您的回憶，請趕緊寫下來，並傳眞給我分享!!

我已走過童年、青少年、青年的黃金歲月，跌跌撞撞數十年，感覺出人生其實就像一齣舞台劇，人一生下就在這個舞台上，早被賦予扮演特定的角色，演出的劇本也早就編好。演出的用意不外兩種：對自己，提升對某些問題的克服能力或更精確的認知；對他人，如何給予啓發、協助或考驗。通常一生一世過後才能檢討，想再嘗試或補救求進步，已是下一輩子的事了。我常想，爲何要等下輩子呢？爲何不能今生今世就可不斷自省、不斷改進，把可能需要幾十回人生才能體悟的功課，一回就做完，而且做得很好？如果一般凡人要以千百生千百世才能眞正畢業、超凡入聖，我願盡一己之力，借千百人之助，將他們的人生歷練與功課心得，呈獻給有緣人用心過一回最充實的人生。

我的書僅是拋磚引玉，有許多事情，不見得樣樣非得自己親自經歷才能懂。別人走過的，如果我們都能引以爲鑑而好好體悟的話，別人的經驗就成了自己的經驗，那麼一輩子當幾百輩子過，就可以做得到了！

「成功」是所有人嚮往的奮鬥目標，成功之前所有的挫敗、磨練、煎熬……等，都是人生一定會經歷的，曉得記取教訓，早日步入正軌、走上正道者，終究會得到成功。

沒有人天生完美而毫無缺點，相反的，每個人都有數不盡的不完美之處，也正因爲如此，所以大家才來人間接受歷練，學習自我改造之道。缺點有大、有小、有無傷大雅，可是有的眞是具有致命性的。通常缺點是成功的絆脚石，但有時候愈大的缺點，說不定正好能明顯的告訴我們它的存在，只要用心克服，成功即在望。有缺點並不可恥，不知有缺點才會蹉跎青春，一再失敗。

我計畫將本人及好友們自我改造的人生經驗，提供給有緣的青年朋友作參考，大家彼此共勉，把千秋萬世的功課，這輩子就把它做得很好。

好多人看了《淘氣阿隆》，打電話來說好久沒去回想童年往事，每個人隨口就說出自己成長歷程的趣事。我很高興寫出一本小朋友、大朋友、官員、老師、老闆、上班族都愛看的書，有人還說要看第二集、第三集。抱歉！我不是專業作家，若有續集，應是以大家的成長故事爲主，請讀友們傳眞幾篇自己的故事，由我整編成冊，讓大家分享各位的成長喜悅。

以下是幾位先睹爲快者的回響：

大同公司總經理林蔚山，特地安排攝影師拍我贈《淘氣阿隆》予他的合照，並逐一點名，指定主管要看《淘氣阿隆》。

宏碁電腦公司總經理林憲銘，看到「南一中合唱團」那一篇，整個人好像回到三十年前就讀南一中高二上音樂課的現場。他睜大眼睛、無比興奮的回味道：「就是李秀蓮老師，要我們五人一組進行歌唱測驗，李老師聽出我們這一組有人走音，但不知是誰，先叫一位同學下來，結果四人唱還是有人走音，再叫一人下來，最後只剩我一個人唱，李老師說：『就是林憲銘你走音。』我不以爲然，李老師就在鋼琴鍵上彈了MI和SO兩音，問我兩個音一樣不一樣。我聽了很正經、很肯定的說『一樣』，結果李老師趴在鋼琴上足足笑了五分鐘後，才捧著肚子說：『好了！我給你及格，請你不要唱了。』」

林憲銘看我笑他的表情太過分了點，特別強調初中時，他還是全校升降旗唱國歌的指揮！我問他怎麼那個時候沒發現自己五音不全，他說：「當指揮是叫別人唱，自己不必唱啊！」

一年千億元營業額壓力的憲銘兄，好多年沒這麼黑皮（happy）過！回憶往事，眞是甜蜜。

工業局長尹啓銘，看《淘氣阿隆》邊笑邊打電話給我說：「眞沒想到阿隆小時候那麼頑皮。」他也有很精采的童年往事，有空會寫出來和我分享。

集保公司總經理葉景成，被《淘氣阿隆》帶回三十二年前金城初中初二那班，彷彿老師、同學又齊聚一堂，那種感覺眞奇妙，好久沒回味往事了。他還告訴我，過年前去看過周理俐老師，周老師的兩個兒子都當醫生了，寶貝女兒慕理也念研究所了！眞高興聽到周老師的近況。

東訊公司董事長張火山，說他把《淘氣阿隆》仔細看了兩遍，認爲我這樣對自己前半輩子做了很好的交代，提醒大家別忘了如此做，很好！他要多教我下半輩子把企業經營得更成功的要領。眞感激我的成大輩份尊貴的大學長。

宏碁科技公司副總經理江博文打電話給我，說他們全家人正共同把《淘氣阿隆》一篇一篇拿來笑著看，全家同樂！

研華科技公司總經理莊永順說他太太看了《淘氣阿隆》後，已鄭重要永順寫一本《淘氣阿順》，好傳後世子孫！永順興致勃勃。

時報資訊公司總經理王百祿用大哥大告訴我，現在塞車最大的享受是看《淘氣阿隆》，能把自己類似的成長經驗重現，實在很過癮。沒想到大夥兒十分敬重的王興隆，小時候眞夠皮的了！

台北市電腦公會理事長劉瑞復則很高興的說，每天一早坐在馬桶上變成最暢快的公事，因《淘氣阿隆》每篇五百字左右，不長也不短，看完一篇笑了五分鐘，公事也辦好！

「台北之音」企畫總監吳若權說，他已把《淘氣阿隆》看完四遍，每遍都很感動，雖沒華麗的辭藻，但處處眞情流露。他共做了筆記十幾頁，再用電腦整理摘要爲三大張，最後還用螢光筆畫出各項重點，對每篇故事如數家珍。李建復說吳若權好運（正好李建復出國而由他負責訪問我），在一個小時的「台北OPEN BOOK」節目，大力推薦《淘氣阿隆》，還有熱心的聽友打電話到我公司求證一些事情。

《中國時報》生活版主編王梅小姐，特地請我簽名題字送一本《淘氣阿隆》給她念國中的兒子。他爲「純情的阿隆」那篇深受感動，也對一八五公分的長高秘方頗感好奇，更想對阿隆的心靈深處探索一番。攝影記者曾慧玉來拍了許多阿隆的照片，希望給

《中國時報》的讀者做深入報導。四月十四日以此為主題，幾乎以整版做了報導。

《聯合報》記者李若松說，全組成員一致決定在每週三「資訊專刊」開闢「資訊界名人臉譜」專欄，第一個要介紹的就是《淘氣阿隆》的種種故事。四月十七日以頭條半版做了報導。

《自由時報》採訪主任彭國偉說，起初隨便翻一、兩頁《淘氣阿隆》，本想一下子就可擺到一邊去，沒想到欲罷不能，一整個晚上一口氣看完，才發覺不是普通的一本書。他要專訪我，打算用半個版面向大家推薦這本難得一見的好書。我拜託他慢點再報導，因為我還沒交給出版社正式發行，他的報導若太早出現，讓讀者買不到書，反而造成大家的困擾。

大衆電腦公司副總經理簡道夫，交代秘書到書店買幾本《淘氣阿隆》給同事和自己的三個孩子，卻買不到，找我的秘書求助。他說「擲標槍的啓示」那篇對孩子最有啓發性。

教育部長吳京擔任成功大學校長時，和多位院長、主任、教授與同學代表兩百人聽了我一個小時演講後，紛紛要我在《淘氣阿隆》書上簽名。阿隆看到老師排隊，眞的很難為情。

還有很多人的電話、信箋的鼓勵，如省長宋楚瑜、台北市長陳水扁、台南縣長陳唐山、工研院長史欽泰、資策會執行長果芸上將……。

雖然多位好友看了《淘氣阿隆》後產生很大的共鳴，童心大發，不斷憶起塵封數十年的往事，卻都說實在撥不出時間去整理成一本書。我想既然寫書有困難，不如每人先寫一篇往事和《淘氣阿隆》一起出書，同時鼓勵所有看過《淘氣阿隆》的讀友，心動不如馬上行動，趕緊寫下浮現腦海的回憶，別讓一生就這麼一路趕到終點，而忘了把人生的經驗、體悟寫下來給後代子孫。

所以，我邀請二十三位好友，寫出他們看了《淘氣阿隆》後所想到的童年故事與難忘的往事。由於這些好友不是全國性的公衆人物，即是各領域的名人，他們每個人的成功歷程就足可出一本書來表彰，而今日願意在成名之餘，犧牲「色相」，在《淘氣阿隆》書中以短文方式亮相，讓大家看到其淘氣的一面，或其不堪回首的來時路，或拍案驚奇的經歷。我相信這不但無損其英名，反而讓讀友們更覺親切、更加敬佩，進而帶給大家更多的啓示。

請恕我以敬老尊賢的順序來編排這些文章，年紀小的排後頭。

我感謝父母親給我無限寬廣的成長空間，以及師長、親友長輩們的疼惜、栽培。

我感謝每小時身價百萬元計的好友們，肯花好幾個小時努力的寫出自己難忘的往事，讓《淘氣阿隆》充滿更多樣的人生智慧。

同時，更感謝朱秀敏、李綺霞兩位同事的辛勞整理。

最後，謹以此書獻給

愛妻貞一、愛女啓芬、啓芳、啓芸、愛兒啓倫，
謝謝他們給我一個溫馨的甜蜜家庭。

本書將上全球資訊網路，歡迎大家上INTERNET參與互動。
中文站名◉人生博覽會
英文站名◉HUMAN LIFE EXPO
全球資訊網首頁◉http:／／www.－asiannet.com／johnson
電子信箱◉johnson@asiannet.com

序於台北市興隆路寓所

目錄

輯二 名人的童年往事

輯三　阿隆的人生智慧分享

附錄

《輯一》

阿隆的兒時點滴

阿隆的父親

我王家一族，明末清初，西元一六六一年，自福建、漳州龍溪二十九都下邊新岱社渡海來台，在台南登岸，落地生根，到父親已是第十代。祖父王阿婆，祖母洪守。開碁王公追隨延平郡王鄭成功遷台，康熙年間在台南縣歸仁鄉大潭府爺山下被土番襲擊遇難，首級遭失。

父親王燦南，是位學校師生十分尊敬的好老師，他說一生最大的光榮是獲得全國第一屆師鐸獎。春風化雨四十年如一日，五年前從台南護理學校退休下來。

父親一九二八年出生，剛生下來體格瘦小無比，祖父認定養不活，所以用畚箕裝著棄置於竹林裡，祖母不忍心，隨後撿回來細心撫育。父親九歲時，祖父逝世。祖母守寡至七十二歲，因胃疾手術失敗而去世。

父親上有大哥、大姊、二哥，下有小弟一人。大伯父王信義當家到父親念中學時不幸英年早逝。大伯父生有堂姊彩菊、美子，二伯父王金龍與父親同年同一天結婚，生有早我三個月大的堂哥文傑、小我三歲的堂妹慧蘭、堂弟麗棠，小叔叔王樹霖生有堂弟兩人——俊雄、俊凱，以及堂妹鈴惠。

我則有兩個弟弟——耀峰、耀明。王家世代務農，到我這一代多念得碩士或博士學位，有三人當醫生。

父親自幼求學，因是農家子弟，便遠赴屏東就讀屏東農校，後因二次大戰太平洋戰爭爆發，被日本軍部挑中，培訓爲飛行員。嚴格的體能訓練與地面模擬飛行操作，把一批批純眞無邪的學生，速成爲充當飛行炸彈的神風特攻隊飛行員，連人帶機在南台灣海域對美軍船艦做玉石俱焚的自殺式攻擊。

父親天生瘦小，怎麼吃都胖不起來，體重一直太輕，而殿後備用。他每日目送同期學員做死亡飛行，受訓合格的都送命去了，能飛的飛機都飛出去了，甚至最後用木板、竹子拼湊的也飛出去了，父親的一條小命才給留了下來。

戰後多年，父親參加昔日同僚的婚禮，以爲看到鬼，因爲一位大家認定穩死的神風特攻隊隊友，竟然活生生坐在他眼前。父親萬分驚喜的問他當年破天荒撿回三次命，第四次出擊怎麼還能活著。

他告訴父親他是如何度過生死關的：

日本軍部對台灣兵十分不放心，所以飛行員開著機腹裝有魚雷的飛機，都以零式戰鬥機在後面監視，不准臨陣脫逃，魚雷必須命中敵艦才能返航，否則必須瞄準煙囪，連人帶機做自殺式攻擊，這就是所謂的神風特攻隊。若返航，在追蹤攝影機的紀錄片中若看到並無命中，這名飛行員必定受到極嚴厲之處分。爲安慰將送死的飛行員，出征前都連升兩級官階。

這位九死一生的同僚，第一次出擊命中小船，回來驗明紀錄片確定無誤，這時已升爲上尉。第二次出擊再被升爲中佐（中校），又成功返航。第三次日本部隊長把他升爲少將，要他一定爲天皇殉國，把機艙窗子都給釘死，而且命令地勤人員給他單程油料。想這次必死無疑，父親及所有同僚都悲壯的爲他送行，每次死亡出擊都是清晨五點時分。

美軍被神風特攻隊從煙囱攻擊，船艦損失慘重，最後被迫把所有直立朝天的煙囱改裝爲彎管型，避免被直接命中要害。

他找了一艘大軍艦，放了魚雷後，從空中竟然找不到煙囱口可俯衝，盤旋時被擊落而墜海，很幸運被日本駛往南洋的潛艇救起，隨潛艇到南洋再轉赴琉球，琉球軍部把他送回台灣。

部隊長認爲他一定是貪生怕死，強迫他隔天一早要再出征，非要他死不可。他對日本軍人殘暴無情的本性頓生不滿之情，遂拜託地勤同僚幫他的飛機加滿油，提早在四點起飛，躲過防空高射炮與戰鬥機追擊，飛到菲律賓向美軍投誠。美軍一看來人是日本空軍少將，十分驚喜的聘他作空軍教官。大戰結束，他婉拒美軍到美國本土發展的邀聘，毅然返回故鄉——台灣的懷抱。

在大時代的悲劇中，人各有命，有人命如螻蟻，朝不保夕；有人命大，怎麼死也死不了！父親在沒飛機飛後，被分配到學生兵第三分隊，被訓練成三人，一組的反登陸、反坦克的肉身炸彈，每天要扛炸彈跑步、操練戰術，幸好美軍用跳島戰略，從菲律賓跳過台灣，直撲琉球，父親的命才又給保住。

在當學生兵的日子裡，父親碰到兩椿奇案。

一個奇案是眞的見到鬼，另一個是目睹詛咒的魔力。

父親受部隊長器重，成爲第三分隊的司令員，負責全隊出操及發號司令。有天半夜，在彈藥庫站崗的衛兵，驚慌失措地逃回隊本部，把父親叫醒，說他看到女鬼。父親立刻叫醒下一班衛兵提前接班，三人一起去站崗。到了崗哨，只見一陣陣白霧從前方林投樹叢湧向崗哨，父親抽出有日本菊花國徽的指揮刀，對白霧大聲斥喝道：「我等是離鄉背井到這裡服役的學生兵，與你無怨無仇，請你現身。」話一剛落，白霧飄現一個長髮白衣的女鬼，蒼白姣好的相貌讓人魂不守舍，此時女鬼吐出長舌，原來是吊死鬼。父親以凜然的口氣，向女鬼說若有同僚冒犯她，請她寬恕，天亮後會燒香祭拜她。女鬼點頭後退去，消失在空氣中。挨到天亮，父親準備水果、冥紙、香燭，到林投樹叢裡找到一座孤墳，誠意祭拜一番，崗哨自此不再鬧鬼，可是他們三人都生了一場不知名的怪病，三人都四肢無力癱瘓在床上，起初部隊長還誤認爲他們三人蓄意偷懶不出操。

由於三個學生分隊要比賽射擊，司令員要帶頭打頭陣，父親被扛上靶場射擊台，父親默禱向女鬼抱怨，都是她害他四肢無力，連槍都舉不起來，這樣整祭拜過她的人實在太不夠意思，女鬼應該要幫忙才對。抱怨完畢，父親雙手竟可舉槍，結果六彈皆中靶心，全隊士氣大振，第三分隊的靶被打得稀爛；同時，最不可思議的事情發生了！直到射擊比賽結束，另外兩個分隊的靶仍乾淨得很，居然連一個彈孔都沒有。

另一奇案是：

由於日軍戰況失利，物資日益匱乏，學生兵伙食極差，父親為了幫隊友補充蛋白質，就帶隊到溪裡用石塊隔出獨立的水域，再用臉盆把水掏乾，撿拾魚蝦、河蚌好加菜。有一回，兩個兵游到對岸香蕉園偷採香蕉，久不返隊。父親帶人去找，發現他們兩人佇立在一棵香蕉樹旁，手摸著香蕉，被定在那裡一動也不動。父親問他們在幹什麼，兩人全無反應。這時一位山地姑娘跑過來，對他們唸了咒語，兩人方才醒過來，恢復行動能力。

父親問那位姑娘這是怎麼一回事。她說這是她祖先傳下來的定身術，只要對要保護的器物、植物唸定身咒語，任何碰到它們的人都會立刻失去知覺，被定在那裡。如果有人被定住，她會馬上知道。她說，要吃香蕉，只要告訴她，她會送給他們，希望他們不要偷摘。

以後父親他們全隊沒有一個人敢再到附近亂碰山地部落的東西。

好一個神奇的保全系統！

戰後復學，父親因家庭因素放棄就讀師範大學，留在台南農校，靠自修通過教師檢定考試，取得高中教師任用資格，再陸續在許多專業科目教學資格考試及格，而得以教授各種科目，這是我三兄弟甚爲敬佩之處。總計父親曾教過下列科目：木工、機工、農藝、畜牧、體育、生理解剖、生物、三民主義，每科都教得很棒。他是我們心目中比博士還博學多識的偉大父親。

阿隆的母親

母親王沈秀霞，童年家境富裕，自幼聰明、美麗，可惜念到長榮女中時，太平洋戰爭吃緊，全校停課，外祖父把家人疏散到台南鄉下——永康，母親和舅舅、阿姨都失學在家幫忙，有時小小年紀還得步行三十公里到新營去領配給的口糧，日子一下子變得十分清苦。後來，外祖父醫院業務繁盛，賺了許多錢，沒銀行存錢，又不想買地蓋房子，只有把錢一布袋、一布袋往床下塞，幾年後政府遷台，錢幣改制，一下子錢財化為烏有，外祖父仍不改樂天派。

母親在台南農校上班，大舅瑞祥、二舅瑞凱也念農校，這時父親從屏東農校轉到台南農校就讀當班長，畢業後與母親結婚。母親一直自修日文，還分好幾個時段，遠赴日本進修，終於讀到日本大阪美容專科學校畢業。在台南市住家裡為達官顯貴的夫人們治療臉部皮膚，其中有市長夫人、議長夫人，還有立委夫人、省議員夫人、市議員夫人，家裡經濟在父親的教員薪資和母親的美容收入下，開始在台南買地、買房子。

母親看到我們兄弟不用功、不聽話時，就會很傷心的哭，我們三兄弟都被母親的慈愛所感化而沒有走入歧途。母愛真是偉大。媽媽！我願您永遠分享我的成就。

淘氣阿隆的誕生

母親懷我之前，最喜歡吃牛肉了。懷了我之後不久，在牛肉店才吃了一口牛肉，就當場昏倒在地，久久醒不過來。後來家人問神明，神明說胎兒有來歷，叫母親別再沾到牛肉。

二伯父與父親同年同日結婚，一年後二伯母在三月生了堂哥——王文傑，因為大伯父早歿又無子，守寡多年的祖母對王家有了香火，十分開心。母親心想要是沒生兒子，婆婆不知會不會不高興。

二伯父建議祖母，如果是男的，王家就來個文武雙傑，將我取名「王武傑」，母親不肯。

我出生那天一早，外祖父從永康騎腳踏車趕到太子廟王家途中，幫我取好了名，叫「王興隆」。由於我個頭大、又是頭胎，助產婆在不得已之下，使勁把母親骨盆掰出大聲響，祖母聽了便說：「糟了！秀霞會腰痠背痛一輩子。」好不容易才在十點整把我生下來。裝滿熱水的大浴盆一下子被我塞得水都溢出一大半。

助產婆連忙叫親友過來看我，指著我說，她幫人接生一輩子，第一次看到所謂「抱珠出世」的孩子。我脖子纏了三圈臍帶，兩手抱著珠狀的東西，胎衣一破，驚人的哭聲響徹全家。

出生幾天後，母親看到我扭曲的左脚一直無法伸直，感到很傷心。滿月後，我的脚仍舊沒伸直，一位算命仙仔路過王家，說母親懷孕時，屋子的柱子一定被東西纏住，父親想起確有其事，趕忙把一根柱子的鐵絲拆掉，隔天我的脚就伸直過來。

阿隆開始多采多姿的一生。

憶兒時

我王家祖厝在仁德鄉後壁厝村蔦松脚，祖父留下三座修竹環岸、景色怡人的池塘和好大的一片良田。大伯父當家時，舉家遷到太子廟村，開設全村唯一的碾米廠。

我從小就會幫長工——阿生叔叔把稻穀掃進碾米輸送帶的小入口，然後沿著盤旋在高空的輸送帶，跑到屋子另一角落玩弄滾出來的粒粒晶瑩剔透的白米。我還會照顧小貓咪，好捉偷吃米的壞老鼠。

每到吃飯時間，隔壁和附近的小孩就會盛著我好愛吃的香番薯和我交換白米飯，全村的小孩最羨慕我和堂哥天天吃白米飯。

王家碾米廠最有環保概念，我們用汰出來的粗糠餵雞鴨，用米糠餵豬，用稻殼燒飯菜，整個碾米廠沒浪費一丁點稻米資源。

不久後，台南農校有宿舍分配給父親，我只有在假日才能回充滿機器搗米聲的碾米廠玩。

母親生弟弟時，會回王家做月子，我也跟著搬回去住，但每天清晨，父親騎脚踏車載我上班，鄉間的晨景是那麼的美，一路上煙霧瀰漫，空氣清涼無比，父親邊騎車邊說故事給我聽。有時候直接到台南農校，有時候會先繞到外祖父的醫院，把我交給他們，才去學校。在外祖父那裡，我一定跑到廟口廣場等人家現採現煮的番麥（玉米），香嫩甘美的玉米鮮味，迄今仍然回味無窮。

吃過玉米，接著在醫院門口看牛車馬車一車車把農產品一步步往台南市運，牛車專用路徑兩道車軌深深刻在泥地上，一路蜿蜒伸展。等賣豆花的上門叫賣，吃他一碗；不久，賣大餅的、賣芭樂的、賣糰糬的一一來訪，從早上就吃個不停。到下午三點左右，早上進城的牛車又一輛輛載著日用品往回走。這是當時的貨運工具。後來牛車的輪子由鐵輪進步到用輪胎，如果說牛車是普通車，馬車就是平快車。我在醫院門口看了八年，最後一年只剩每天一班牛車，終於牛車都停了長途的運輸任務，代之而起的是三輪摩托貨車。

父親沒接我回太子廟的夜晚，我最樂，因爲可到廟口聽打拳賣膏藥的江湖郎中講古，故事生動迷人。有時候，我會圍到競價標售甘蔗、西瓜的場子，曾不經意地用五毛錢叫價，全場的大人都笑了出來，而且很有默契的全都不再加價，讓我這個小不點阿隆買到通常要喊價三塊錢才買得到的好長的大甘蔗，重得幾乎拖不動。我好不容易才拖回醫院，把祖父、祖母和舅舅、阿姨給笑翻了，笑我說：「沒牙的阿隆怎啃得完那麼長的大甘蔗！」

阿公與阿隆

外曾祖父沈愛月是福建漳州龍溪昭安大戶人家獨生子，隻身渡海來台，到台南發展。外祖父沈灶，在台南市行醫，是牙科名醫。二次大戰美軍空襲台南市區時，舉家疏散到六公里外的永康村避難。外曾祖父捨不得放棄家產而留守在市區故宅，不幸被炸毀傾覆的斷壁壓成重傷，被困多日才被家人發現，可是已來不及搶救。

我很小就叫外祖父「阿公」，他是醫生，更是藝術家、雕刻家、園藝師、造景設計師，他的作品都非常具有水準，是我崇拜的對象。外祖母郭碧雲的父親爲台南市名醫陳石。

阿公在永康廟口附近大馬路購屋開設全村唯一的醫院，牙科兼一般外科、骨科，並且在門口邊飼養火雞。大戰末期，一天有輛日本軍車停在醫院門口，一位飛行員下車拜託阿公賣他一隻火雞，說他最後的心願就是吃一頓火雞大餐，因爲明天一早就要出征，一去不回（他是神風特攻隊飛行員）。阿公知道後，送他一隻火雞，並且堅持不收他錢。這位飛行員兩小時後又出現在醫院門口，特地親自回贈一些名貴的布料，感謝阿公的仁慈與慷慨，再訣別離去。

台灣光復未久，嘉南大地震，永康一帶死傷慘重，阿公動員全家人爲傷患急救。他不忍心收災民醫藥費，義行爲村民所敬重，一輩子受人尊敬。

我從小就在旁看阿公爲病患拔牙，或做根管治療，或爲車禍骨折割傷者動手術縫傷口。上小學後，力氣較大時，還可幫阿公踩鑽牙的飛輪，一旦脚力減弱轉速變慢，病患就會叫痛，常拜託我踩快點，有人還會塞零錢給我作小費。四舅俊男、六舅瑞彬課餘也常幫忙。

我把每個禮拜天隨父母親到台南市逛街所買的漫畫書，如：《漫畫大王》、《模範少年》……等，擺出來租給與病患同來的小朋友，看一本一毛錢，每天生意興隆。三位阿姨——秀琴、秀美、秀惠也都是我的顧客。

阿公晚年被一個無照飆車的青少年撞倒，成爲植物人，臥病六年後過世，享年八十歲。舅舅、舅媽、阿姨、姨丈、表弟、表妹們照顧阿公不遺餘力，走筆至此，我不禁一陣心酸，好懷念阿公喔！愛飆車的年輕朋友們，請多爲他人著想吧！

阿隆的養雞經

三歲開始，每天一大早，我就去追雞，抓到後用食指插入雞屁股，若摸到圓鼓鼓的蛋，就把牠放進竹籠裡，然後雞蹲籠內、我蹲籠外，雞看我、我看雞，雙方都一本正經的對看著。對峙好一陣子後，母雞屁股一翹，一顆圓潤的蛋出現了，先露出蛋較尖的那一端，慢慢擠出整顆蛋。我會趁著蛋殼還軟、表面液體未乾掉前，把蛋拿出來捏出奇形怪狀；再趁熱在尖端打一個洞，放鹽巴進去，用嘴把鹹鹹滑滑的蛋白先吸入口，隨後溫熱味美甘醇的蛋黃，濃稠的滋潤了我的喉嚨，蛋液通過食道的流暢感是那麼的美妙！直到有一天，不小心指甲頂破了雞屁股裡的蛋，結果當天母雞就死了，我看到母親從牠肚子裡取出一個破殼的蛋和大小有序多達十幾個蛋黃。我好難過，從那天起，我再也不想去抓雞摸蛋。

八歲時，父親帶我去台南農業改良場種雞培育中心，我大開眼界，看到許多電動孵蛋機不停的轉動著，讓每個蛋平均分享熱氣與溼氣。有的蛋已破殼，還跑出小雞，孵出的小雞都被集中在一個個木箱中，等人驗明正身。檢驗人員先把小雞的喙膜剝掉（不剝的話，小雞啄食不易），再把小雞屁股一翻，用戴在眼睛上的一個發亮凸狀探視器插入，立即判定性別，公母分離，公的野放當肉雞養，母的作蛋雞養。那兩年，全家養了兩百隻來亨雞，用賣雞蛋的錢去買飼料，兩年結算下來，全家人笑死了，居然只賺到堆積如山的雞糞。

阿隆獻寶

我兩歲剛會走路，母親就帶我到父親辦公室去獻寶，把穿開襠褲的我放在門口，讓我搖搖晃晃走進去，老師們都站起來跟我打招呼，我突然站著一動也不動，滿臉很用力的表情，當著大家面前大下黃金，害得臉紅的母親趕緊一手抓黃金一手抱我跑回家。眞是獻了大寶。

三歲多時，我常在地上打滾，台南農校校長看到我那雙黑手，特別叮嚀我以後不可弄黑手，每天他要檢查我的手。母親聽了緊張得要命，我卻眞的每天一早站在門口，看到校長就跑去跟他說：「阿隆的手沒有黑喔！」等他檢查後，摸我的頭誇獎我，才神氣的進門跟母親說校長檢查過了。

四歲大時，校長兩個兒子騎車看到我在阿公醫院門口逗小榕樹上的白鷺鷥玩，就帶我出去玩，到嘉南大圳游泳。我不敢下水，他們說水不深，就把我衣服脫光抱下水。我只敢站在水淺處看他們游泳，看到水蛇從我胸前游過去，也看到死雞漂過去，忽然便意甚急，一下子一團大便浮上來也跟著水流走，那種感覺好奇怪。

他們兩個人硬拉我到水中央，水立刻淹到鼻子，我一掙扎竟然被水沖走，沉浮之下嗆了好幾口髒水。他們趕忙爬上岸追我，總算驚險的攔到我，把命撿回來。

幾天後，他們問我說：「阿隆，你會不會癢？」我說不癢。他們玩過水後，全身長滿紅斑，十分可怕。這次遇險的不愉快經驗，使我不太喜歡玩水。

頑皮阿隆

之一

未上幼稚園前，每天整個台南農校就是我的遊樂場，最常做的是提著小水桶，在地上找堆出小土粒的洞，然後用水灌，灌到水滿出來；隔一陣子，一隻喝飽水的「肚猴」——黃色蟋蟀類的昆蟲就被逼出洞來，我便將其放進玻璃罐中，天天都能抓個十來隻。

父親曾表演不必用水就能抓「肚猴」的本事。他隨手從地下抽出一根草梗，用尾端伸進大的洞內，輕輕搔動，再逐漸抽出，這時就會看到一隻大「肚猴」跑出來，眞神奇！我一直以爲牠是被激癢得受不了才跑出來的，現在我才知道那根草好比另一隻「肚猴」的長觸鬚，讓「肚猴」以爲有另一隻不速之客侵入地盤，而奮力驅逐這個入侵者。

之二

我對高懸在屋簷下的一口鐘產生莫大的興趣，每天都可以看到大人去扯鐘錘，發出宏亮悅耳的鐘聲，全校師生都聽它的，好偉大。看了好長的日子，有一天我突發異想，用了吃奶的力氣爬到屋簷下，很得意的扯出幾聲鐘響，卻看不到有老師、學生出現，於是用力猛扯好幾下，這時候好多個老師跑出來，我好高興，可是卻被他們抱下來打了幾下屁股，還把我交給父親。那時候一直覺得不服氣：大人可以打鐘，爲什麼我不能？鐘不能敲了，我就跑到廁所，把每間廁所的門閂都反鎖，再由小氣窗爬出，就這樣把每間廁所都封死；玩了好幾回，終於被逮個正著，學校廁所也不能去了。

之三

有一天，在一棵芒果樹下的茶水桶邊，好幾個學生邊喝水、邊指著我說：「他就是雷公的兒子，雷公對我們兇，我們就對他兒子兇回去，走開！走開！」我心想，這些學生竟然膽敢罵父親，於是趁他們去上課時，把桶蓋掀開，爬到樹上對準茶桶小便，然後再蓋好；等會兒學生們下課又過來喝水，我在樹上只聽到他們說：「喂！這水鹹鹹的，還蠻好喝的。」我在此向當年喝過那桶鹹茶的南農學生，致最深的歉意，請原諒當年無知的淘氣阿隆。

小飛俠阿隆

我五歲左右，每天和玩伴一夥到台南農校宿舍東邊的植物園去尋寶。在那裡，每次都有令人驚喜的發現，有碧綠剔透黃腹紅脚的樹蛙，有輕盈無比舞姿曼妙的彩蝶，有時會有如閃電般忽隱忽現來去不定的七彩雷公蜻蜓。我會用線綁住小蜻蜓，再在空中揮舞，貪吃的大蜻蜓就上鈎了。我們會摘下摸起來感覺又砂又絨的柚木闊葉，拚命把柚木葉揉碎，讓葉汁染紅整雙手，然後互相追逐，塗抹對方。

不同季節有不同的水果可採，李子、桃子、棗子、枇杷、楊桃、荔枝、龍眼、香蕉、釋迦、番石榴。棗子最難應付，滿幹滿枝都是刺，每次都刺得我們皮破血流、哇哇叫。枇杷從來沒看過黃色的，因爲還是綠色時，就都被我們吃光了。

一年四季都有番石榴，每天一早，大夥兒逐棵去搜尋。有一天，我爬上一棵大番石榴樹，正懊惱找不到成熟的果實，卻瞥見對面那個樹梢葉子包著兩粒又大又黃的番石榴，當下見獵心喜，於是奮不顧身，很神勇的飛躍過去，兩手各抓住一個番石榴，心中正得意時，整個人從樹上摔了下來，只覺肚子絞痛，胸口鬱悶無法呼吸，更發不出聲音。

兒伴們看到我痛苦萬分的恐怖表情，都驚慌失措，死勁的狂叫，把遠處幾位洗衣服的媽媽們嚇得趕來救我，有往我嘴裡吹氣的，有揉我肚子的，有檢查我手腳的，我感覺好像時間都停著一般，好久、好久後，終於能吸到一口氣，總算撿回一條小命。飛的那一剎那，感覺眞棒！但這種玩命的飛法，不敢再有第二次了！

蝙蝠俠阿隆

台南農校的體育器材室就在教職員宿舍的大門口，門口外就是高聳著的一排竹竿架，我兩歲就看學生在那裡比賽爬竹竿，好羨慕他們。等我長大到五歲，手腳力氣變大後，總算讓我從只能爬幾下，逐漸變成可爬到一半，最後竟可爬到竿頂。

我的身手愈來愈矯健，上下自如，還會做各種竿上的花式動作。有一天，我發現每根細竹竿穿過的最頂上那根粗竹子，外側的洞裡有麻雀在做巢，還聽到小鳥叫聲，見獵心喜，就翻身騎上那根橫樑用的粗竹子，移到洞口伸手抓住一窩小鳥，回家和兒伴們共同餵養。

有了那次經驗，我就放膽在橫竿上玩，沒事就雙腳掛在上面，全身倒掛懸在橫竿上，就像蝙蝠一樣，我從中體會出在空中用上下顛倒角度看世界的美妙經驗。路過的學生和老師不經意抬頭一看，都會嚇一跳，要我趕快下來，我卻樂此不疲，最後被父母知道，這項樂趣就沒了！

阿隆養魚記

我五歲時，跟父母到台南市逛街，一定都吵著逗留在中正路的一家水族館門口，端詳好一陣子，才願離去。有一回我進一步要求買兩隻小金魚，父母親欣然同意。店家用細鐵絲纏繞在一個打掉接頭部分的電燈泡裝魚，我好高興，一路像提花燈般提著走，可惜一不小心敲到一輛腳踏車，燈泡破了，兩隻金魚與我無緣而死去。我被父親罵了一頓，難過得一路哭回家。後來總算有一回成功提回台南農校，放在臉盆養。我餵金魚吃我的早餐——牛奶、豆腐，但是沒幾天，魚又不見了，母親說牠們回去了。斷斷續續買了好多回，都失敗。

我改去學校花園的水池撈大肚魚養。有一天，忽然發現一位老師家門前放了兩大排像花盆的水缸，放得老高的。我很好奇的搬磚頭墊脚，挪開瓦蓋，赫然發現有好大的金魚，順手一抓，便抱著一尾大金魚往家裡跑。父親回家看到，便罵我怎麼可以偷人家的魚。我緊張的撒謊說是從學校花園水池抓的，父親很生氣要打我，他說水池沒有金魚，我堅持說有；後來母親出面說金魚是學校的，要還學校，從哪裡抓的就趕快送回去。

我連忙又抱著金魚，跑到二十公尺遠的那排魚缸，把金魚放回去，然後立刻跑回家。

我向父親說魚送回水池了，父親更生氣，一定要打我；母親說魚送回去了就好。學校水池距離我家至少有四百多公尺遠，我怎麼可能一分鐘來回呢！年幼無知，撒謊的幼稚行爲，回想起來，不禁好笑！

阿隆失算

五歲時，早上喝牛奶，可能是橘子粉加太多，肚子有點痛。由於我把弟弟的餅乾搶過來吃，被父親打了一頓，心裡很不平衡，就大叫肚子好痛，然後鑽進壁櫥的被子裡，裝得很難過的樣子。

母親被嚇得抱著我坐興南客運車趕赴台南醫院，車上，母親一路哭著，鄰座一位歐巴桑很關心的問母親孩子怎麼了，母親說可能是食物中毒。歐巴桑摸我的頭、臉、手脚，她看我閉眼，就用手指翻我的眼皮，探我鼻子有無呼吸。我順勢閉氣、停止呼吸，她大驚失色，說孩子斷氣了。母親探了一下，也嚇到了，兩人七手八脚搶救，歐巴桑用手打開我的嘴巴，並且還用手去掏我的舌頭，害我難過得作嘔，不得不換氣。她們兩人看我有呼吸，活了過來，高興得把我抱得好緊。

我被送到台南醫院的急診室搶救，先打一針，我根本不怕，因爲那麼小的一根針，小意思。接著我看到一個大針筒（打點滴用的生理食鹽水），我從沒見過那麼大的針，立刻掙脫，跳下病床落荒而逃，邊跑邊說不玩了，不玩了。阿隆害人害己，戲弄母愛，眞對不起母親。

阿隆失蹤記

五歲發生的事情眞不少，第一屆商展在台南市中山公園盛大舉行，我跟父母從永康跑到台南看商展，觀衆很多，人山人海，結果我和父母走散了。找不到父母親，我就憑印象繞台南市走了一大圈，走過公園路、成功路、西門路、府前路，摸到大姑婆家玩。大姑婆塞給我零錢，我還用零錢在廟口買了一隻黑龍大蟋蟀，再到孔子廟前的巷子裡找二姑婆，在她家採了棗子吃後，二姑婆又給我錢，我才盡興的走到西門路頭的興南客運總站，坐車回永康。回到外祖父的醫院，只見滿眼通紅的母親衝出來抱我，問是誰送我回來的，我說是我自己回來的，還把過程講了一次，外祖父、外祖母、舅舅、阿姨們都不相信。

我認路的本領從三歲就很行，只是晚了兩年才有機會表現。那天我最難過的，是一路辛苦帶回永康的大蟋蟀，竟然被我不小心在捶手把玩時失手打扁掉。整天沒哭的我，這下子嚎啕大哭起來。

到任何國家各個大小地方，我都不會迷路。

釣翁阿隆

三歲起，父親和二伯父、小叔叔會帶我和堂哥回祖厝蔦松脚釣魚。我和堂哥乖乖坐在大人身邊，看他們一尾尾釣，本想幫忙抓魚，但都被魚的背鰭刺痛而不敢碰魚。

我五歲才被准許拿釣竿釣魚。我在豬舍邊挖了紅蚯蚓，釣得比父親還快，常常釣到大鯉魚和土虱，後來更用豬屎泡蚯蚓，效果更驚人；只有我發現這釣魚的秘訣。一回爬上岸邊橫長在水上的龍眼樹，居高臨下，看到水中的自己，也看到許多躲在菱角葉蔭下的大魚，看得正入神，一個不留意，被大魚吃餌的勁道扯了一下，重心不穩，「撲通」一聲掉入塘中，幸好立刻被大人救上岸；多年後，堂姊的小兒子不幸在那個池塘淹死了。一九七四年，池塘被高速公路完全填平，成爲國道，而池塘邊祖母的墳墓也被迫遷移，和祖父合葬。

學會釣魚後，在永康教堂前的大水塘，我找兒伴、教他們釣魚，由於沒有浮標，把魚餌直接抛沉到水底，很快就釣到魚。拉出水面後，覺得這魚頭怎麼那麼小，等拉上岸，一看竟然是蛇，嚇得大夥兒又叫又跳的跑掉；心神稍定後，回到岸邊，蛇跑掉了。我鼓起勇氣再釣，沒想到立刻又上鈎，心想該不會又是蛇吧！大家的心情七上八下的，拉上岸，我的媽呀，又是一條蛇，這回大家沒命的逃回家，從此不敢再到那水塘釣魚了。

直到有一天，水塘被人把水放乾，把魚抓完，我們好奇的看到一個外地人在爛泥巴的塘底，往泥中手一叉就抓到一隻蛇，一下子抓了好多隻。等他上岸來，我們又怕又好奇的看這個抓蛇的人，只見他把整袋的蛇倒在大木桶裡，我仔細看才想到，這不就是我到台南沙卡里巴，看人家神乎其技用尖錐釘魚頭、再用利刃一畫剔骨兩秒鐘就是一大片用來煮鱔魚麵的鱔魚嗎？才知道以前釣到的都是鱔魚，而不是蛇！

阿隆上幼稚園

永康國小附設幼稚園的小朋友中，老師對我又愛又傷腦筋。我喜歡在小學校園中逛，不願坐在教室，每次上課，老師要到處找我回教室。一回她特地把門關上，罰我站在後面；我趁老師不注意，爬窗子逃走。老師發覺後，就帶小朋友一路追我，繞著小學操場追逐了兩圈。我跳過土牆和防空壕溝，還向老師、小朋友丟泥塊。不一會兒，老師抓到我抱起來，所有的小朋友像玩捉迷藏一樣，一路歡呼著，簇擁老師回到教室。大家都很高興，老師和我都不生氣。

兒童節，永康國小和附設幼稚園所有學生都要到戲院去表演遊藝節目，幼稚園排演「樵夫與仙女」的童話故事，我被老師指定爲演樵夫，一位好可愛的女生演仙女。每節下課，在教室外，我拿著小三輪車掉下來的車輪鐵蓋當斧頭，往芒果樹比劃，假裝把斧頭砍丟到樹邊的湖裡去，而傷心的哭，這時那位仙女會出現，拿別的車輪鐵蓋假裝是銅斧頭、銀斧頭和金斧頭，三次分別問我是不是我的斧頭，我要搖頭說不是，最後仙女拿那把破斧頭出現，我才點頭說是我的；仙女爲了嘉獎我的誠實，把金、銀、銅斧頭都賜給我。這時全體小朋友會出現在我們身後，拿各種會發出聲音的樂器歌頌一番。

這齣戲每天要排演好幾次，小學的好多大哥哥、大姊姊們在旁邊看了都在笑。我誤認為他們一定是笑我表演很差，於是向老師吵著不要演這個角色，老師受不了我的哭鬧，同意把我換下來，叫另一位女生反串樵夫，我竟開心的在後面敲鑼打鼓。公演那天，爸爸、媽媽很驚訝為什麼我被換掉，老師這才告訴他們原因。

沒有省籍情結的阿隆

在假日，我和兒伴們最喜歡穿梭在台南農校衆多教室中，大玩捉迷藏。有一回，我打開理化實驗室多重黑板下的大抽屜，藏到裡面，請同伴把門推到關閉的位置；結果好久、好久都沒人找到我，害我得意好久。但那個同伴已經忘了這回事。時間實在隔了太久，我開始慌了，任我怎麼從裡面推，都推不動抽屜；拚命喊救命，也沒人應。當時眞的被嚇到，抽屜裡一片漆黑，我怕得嚇出一身冷汗。過了很長一段時間，我聽到教室外面有人在叫我的名字。我扯破嗓子大叫說我在這裡，總算被救了出來。幸好他們要玩騎馬打仗，找不到我這匹馬，才發現我不見了，不然可就慘兮兮了。

和兒伴到阿公的醫院玩時，我們會抄捷徑，直接穿過農校圍牆邊十幾戶民宅的大院子，一直相安無事。後來有一天，我們正要回農校，竟被一群小孩圍住，指著羅永康說不准外省人過。我不肯獨自一人回家，很講義氣的和他們理論，直到羅永康去找警察伯伯來才解圍。那時候我眞搞不懂爲什麼這些小孩那麼討厭外省人。我的兒伴們都是外省人，他們都很好啊！

阿隆的眞性情

台南農校老師宿舍東北角廁所邊有棵高大的楊桃樹，楊桃開花時，紅紅一粒粒的小花，掛在紫綠色的嫩枝上，一串串的，好看極了。尤其是早先開花結果的星形小楊桃，就像美麗的裝飾品，大大小小藏滿濃綠、黃綠顏色不一、密密麻麻的小葉子裡。農校學生與老師的小孩子們天天都在這棵樹找成熟的楊桃，但總有逃過睽睽眾目的大楊桃讓人又驚又喜。

有一天我抬頭，隱約看到有一顆好大的楊桃藏在樹頂的一團枝葉中，可是人太小，爬不上去。我興奮的告訴每一個過往的學生，可是他們就是看不出那顆大楊桃，認爲我騙他們。我不死心，等學生再下課時，找人來採，還是沒人相信我。我好難過時，有一位學生說：「好啦，不要哭，我爬上去瞧瞧。」當他撥開那團枝葉，赫然發現眞的藏著一粒奇大無比的楊桃。他很高興的摘了下來，要分我一半，我不肯要，很高興的跑掉了，因爲他證明我沒騙人。

另外有一次，父親帶我坐火車去后里，此行是去接收軍方捐贈台南農校獸醫科做解剖用的兩匹馬，馬兒很可愛，我在台南農校騎過牠們好幾次。有一天，我好奇的往一群圍觀的學生堆鑽，赫然看到那匹馬被開膛剖肚，肺、心、胃、腸子散得滿地都是，老師一邊講、一邊用刀子割，我難過得翻胃嘔吐，以後再也不肯跟父親到后里出差。

探險隊遇難

探險隊又出發了，這回是到農校外的田野巡邏。走到一處瓜田，只見圓滾滾的小西瓜滿畦皆是，每人二話不說，各打破一個，準備大飽口福一頓，沒料到裡面沒汁、也不甜，黑色大子兒一大堆，根本不能吃，再開第二個還是一樣。我說：「這種瓜是壞瓜，沒人要，大家到別處看有什麼好吃的。」長大後，才知道那是一種來採收瓜子用的，而不是一般西瓜。

到番薯田挖地瓜最過癮，一下子就滿載而歸。找個空曠處，到犁過的田裡搬乾的土塊，造克難窯，撿拾乾草枯枝，起火燒窯，大家忙得不亦樂乎。等土塊燒紅，掀開頂上那片，將地瓜或玉米或花生或芋頭（就地取材，有什麼就用什麼）丟進去，然後把窯搗垮，用石塊打碎，再用泥土一層層覆蓋，防止熱氣外洩。燜燒的時間裡，夠我們玩五趟捉迷藏，然後再用粗樹枝，小心翼翼的把燙手的泥土撥開，半焦半爛、香噴噴的佳肴吃得大家滿嘴炭渣，搞得灰頭土臉，野趣十足。

有一回吃完土窯大餐後，爬上農田中央一棵大龍眼樹，六個兒伴猛剝汁多甜美的龍眼大吃特吃，把肚子都給脹飽，撐著坐在樹上喘息。沒料到待的時間過長，在田裡工作的五位農夫、農婦收工到樹下吃午飯，我們嚇得在樹上不敢吭聲。因爲等的時間實在太久，有人尿憋不住，只好從樹上小便下來，只聽到樹下農夫看著天空說：「太陽那麼大，怎麼會下雨？」舉頭再往樹上一瞧，便破口大罵：「夭壽囝仔！」六個兒伴被活捉，邊哭邊爬下樹，其中一個農夫指著我說：「這個是沈醫生的孫子，我認識他，放他們走。」警告我們不可再偷摘他們的龍眼後，我們拔腿就逃，眞是驚險的一天。

阿隆的宗教緣

永康村裡，有四個地方我常去逛：一是廟口；一是會抓鬼的乩童神壇；另一是牽亡的婦人神壇；還有一個是教堂。

我常隨父親到廟口放美援的社教影片給村民看，讓大家對美國國強民富的社會，印象極爲深刻。每年中元節普渡，上百桌祭品的大拜拜景象更是忘不了。在香火鼎盛、香煙裊裊的廟裡頭，我玩牌、打陀螺、鬥蟋蟀、用筷子做成的橡皮筋竹槍射蒼蠅。

下午常會到另一座廟看乩童作法，看到乩童用流星鎚、七星劍刺傷自己，血流如柱，可是隔天去看他，又都沒傷口，眞神奇。聽大人說，都是他家門邊的大樹代他承受一切傷害。

要出動抓鬼的日子，晚上就熱鬧了，鍾馗附身在乩童身上後，乩童便會飛奔到村子各角落。通常看熱鬧的村民有上百人會追上前去瞧個究竟，我常追不上他們。有一回被我跟上，看到乩童對著竹林揮鞭，說了我聽不懂的話，一聲斥喝，往空中一抓，把「鬼」往一個竹筒塞，再用紅布綁緊洞口，一大票人又跟著跑回廟裡去。整個儀式目的在爲村民除害，好似警察的角色，讓我從小對抓鬼人的法力深表崇敬。

村民也常去找牽亡的婦人，藉她和過世的親人聊天、問事情，那個場面十分感人，充滿悲傷，淚水四濺，而在旁邊聽的人，個個像在聽故事、看單元劇一般，每次上演的劇情都不一樣。直到有一回，外祖父、外祖母也到那裡，問了童年過世的三舅、五舅後，他們說都在陰間和外曾祖父一起生活，還上學念書，叫兩位老人家不要掛念，另外還說了一些家事。過後，阿公不准我常去那裡，說我年紀小，不可知道太多陰間事。我以後就沒再去過。

星期天，我最喜歡在口袋放個兩毛錢銅板，高高興興的坐到教堂裡，聽牧師講故事，聖經的故事百聽不厭。佈道中途，牧師會舉出套著小布袋的竹竿走過來，我就拿出銅板奉獻。十二月時，我都會領到幾張美國人送的聖誕卡片，有時候牧師和牧師娘會要我去領一大桶奶粉，有時領的是奶油或椰子油、玉米粉。舅舅、阿姨他們沒興趣上教堂，可是都羨慕我不時有美援物資。

阿隆的鬥魚王國

我小時候是全台灣的鬥魚專家，小學五年級時，我對鬥魚十分著迷，請母親到日本幫我買好多本彩色熱帶魚圖鑑，仔細研究，看不懂的日文就請父母翻譯給我聽，可是一直都繁殖失敗，後來才知道我連公的、母的都分不清，把兩隻母的放在一起，擺了兩年，卵生產下來都發白爛掉。

後來再買了幾尾小鬥魚，重新養大，結果找到一尾公的，然後看到公魚在水面吐一攤小氣泡做巢，接著強迫母魚把卵擠出、完成受精。受精卵散在水底，公魚連忙用嘴逐粒把卵含到口中，再吐到氣泡堆裡。一對成魚可生產一百至三百粒卵，公魚會把母魚趕到另一邊去，自個兒負責看守魚卵；魚卵三天內從白玉透明色漸漸變黑，第四天就可看到卵裡有魚眼、魚尾在打轉。水溫在三十度時，第五天就可孵出，只見小魚密密麻麻的夾在水泡中直立著，隔著玻璃看去，彷彿水泡向水底長出小頭髮般。

等小魚腹囊的卵黃消耗一部分，小魚便開始調皮的到處游竄，公魚變得十分忙碌，幾百尾小魚都得用嘴去抓回氣泡巢。等到小魚能水平的游時，我會把公魚和母魚抓到另一水槽，繼續產卵。

一般人繁殖鬥魚的育成率大概每一百粒卵養成五尾，我花了三年功夫找出秘訣，育成率高達九九%。秘訣即是鬥魚產卵的當天，在水槽放一朵捏碎的布袋蓮氣室，七天後，它會產生乾淨、適量的草履蟲等微生物，再用滴管餵食這些小魚與草履蟲酵母粉稀釋液，小魚會迅速長大到可吃熟蛋黃液，直到牠們能吃水蚤、紅蟲就成功了。

我最多曾繁殖出數萬尾鬥魚，許多水族館老闆都上門來批購。初二導師黃滄海來做家庭訪問時，看到我的書桌抽屜全部釘上塑膠布，裝水繁殖鬥魚。我家四周的水溝也被我用磚塊拌水泥堵成八段來養魚；院子木箱數十個，玻璃罐數百個；後來更在鄉下蓋了一百座水泥池。他對阿隆的鬥魚王國眞是歎爲觀止。

後來我與李濤先生同時被中華民國觀賞魚協會聘爲榮譽顧問，還上台視、中視、華視晨間新聞、午間新聞、晚間新聞接受十餘次訪問。

民族路小吃

台南市的民族路夜市當年盛況空前，我小學五年級開始，每天傍晚走出赤崁樓側的學校後門，便是各種小吃攤販，有熱噴噴、香味四溢的皮刀魚米粉，有又臭又香的臭豆腐，也有魠魠魚羹、虱目魚粥、魚丸湯、鱔魚麵……，後來市政府把整個廣場闢爲赤崁樓觀光區，所有攤販打散到整條民族路，西起西門圓環，東到中山路口，全長將近兩公里，兩旁發展成彙集數百家頗具特色的夜市，人潮錢潮造就許多千萬富翁。除了上述名小吃外，還有張家涼麵、老林九層塔炒螺肉、生炒花枝、度小月担仔麵、鼎邊剉、八寶冰、烏龍麵、生魚片壽司、五香豆腐大腸、棺材板、牛奶雪花冰、青草茶、炸番薯、水燙生魷魚、瓜仔雞肉飯、四神湯、麻油腰子、韮菜豬血湯、現殺蛇肉湯、水果切盤、薑渣醬油拌糖番茄……，不勝枚舉。

放學後一路吃下來，回家都吃不下飯。念成大時，外地的同學或朋友都會要我這個民族路主人作東，每次從東邊吃到西邊，轉到對街再從西邊吃回東邊，把民族夜市有特色的小吃吃上一圈，每個人最後撐得都走不動，還意猶未盡。離鄉北上就業二十年後，民族路的夜景竟然黯淡那麼多，令我不禁懷念那長達十五年的民族路好時光。

周老師好奇的想知道我童年的心上人到底是誰。我心想，反正你們也不可能認識她，我就說出她的名字。周老師聽了，說我晚上沒事的話可以再多聊半小時，剛當爸爸的我欣然同意。半小時過後，老師的孩子說要上課了，這時一位女老師上樓來，周老師把她招呼過來，向我介紹說她就是孩子在寶仁小學的導師，接著周老師很開心的問她：「妳小時候有沒有一位叫王興隆的同學？」她聽了很訝異，她笑著回答說「有」。周老師對她說：「妳知不知道王興隆把妳當作他的心上人？」然後把我講的事重講了一遍。

我在旁臉紅又通體發熱。當我對這位女老師仔細一瞧，不得了！十九年沒見面的偶像居然就在我眼前，心中的秘密藏了十九年才第一次透露出來，就發生這等不可思議的事，世界實在是好小！未免太玄了。

我對陳祈男老師說，這是我第二次透露這個秘密。陳老師也好奇的問我：「那個女孩叫什麼名字？」我笑著對陳老師說他不可能認識的，天下哪有這麼巧，所以放心的說出她的姓名。陳老師這下好得意的說：「她就是我女兒的小學老師。」我差點摔倒在地。世事難料直可料，讓我欣慰的是，聽陳老師說她已結了婚。我衷心祝福這三十五年來只見過一次面的她，這一生過得幸福美滿。

純情的阿隆

一九九三年，返回成大演講，晚上母系老師作東，我跟陳祈男所長提及一件有關心中偶像的往事。

話說大女兒出生那天，我拜託初中最疼我的音樂老師周理俐的先生——楊啓洲醫師在他開的龍生婦產科醫院接生，晚上我上樓向楊醫師、周老師致謝。談天說地中，我提到兒時我很喜歡一位女同學，小學時她成績總是贏我一名，雖然父親一再調職，我也跟著轉兩次學，但我都忘不了她。尤其忘不了冬天時，裝英雄向同學自誇不怕痛，要大家用手來打我手心，許多同學都圍過來打，我忍著痛，逞強笑著說不痛，等到她打過後，我就心滿意足的叫停。

念南一中高一時，我還向同學借他們台南市中畢業同學錄，把她的畢業照剪下來，珍藏在學生證裡，心中發願，除了她不看其他女生。我要爲她作個最守規矩的人。我眞的那麼死心塌地的過了高中三年。

周老師笑著問我：「你和她後來見面了嗎？」我說自從小學三年級轉學到新化後就沒再見面，已經十九年沒見面了。

天生贏家

過年前每個人一定要剃好頭，所以大家在大年除夕夜，常在剃頭店排隊剃頭，一等至少兩個鐘頭，沒人不耐煩而不想剃；很奇怪，大家似乎都不太願意提早幾天剃頭。

除夕年夜飯，有一關最難捱，那就是呑年仔菜。年仔菜其實就是小菠菜，根是紅的，每年呑得眼紅淚流，因為不准用牙嚼爛再呑下，而規定整棵完好一口呑下，才能長命百歲。現在我已廢除這道痛苦的吃法。

小時候，我是天生的贏家，不管用什麼賭，我都如有神助，不但贏得許多尪仔標（圓牌）、樹奶（橡皮筋）、草甘子（橄欖核）、珠仔（玻璃彈珠）、芋仔冰（芋頭冰），還贏得許多零錢或抵押品，戰利品隨處可見。有些輸家的媽媽會拉著哭哭啼啼的他們上門要回輸我的東西，爸媽不准我再贏人家東西，可是兒伴們還是會和我賭東西，不玩也不行。直到小學五年級搬到台南市，那年春節，我在台南市中正路與西門路交叉口西北角騎樓，看到地上擺了許多新穎的玩具，有人圍在那裡對著一個會旋轉的指針下注，我好奇的觀察怎麼個玩法：原來是把一塊錢擺在某個玩具的小格子，指針要是正好停在那個格子，玩具就是你的。看見有人押中了好幾個玩具，於是我也開始下注，可是都中不了，那個老闆看我不想玩了，對我說可以讓我每次押一半的玩具；我認為蠻划算的，就繼續玩下去，卻一直押不中。我愈玩愈不服氣，把口袋裡三百多元的壓歲錢都掏出來玩，結果竟然輸得一乾二淨。從來沒輸過的我整個人像垮了一樣，失魂落魄、萬分沮喪的回到家痛哭，難過了一整天，隔天我下定決心，遠離會使人傷心難過的賭博行為，因為以前賭輸我的人，大概和我一樣難過；輸贏之間都會有人難過，實在不是好事。

幾天後，我看到一則新聞報導，警察抓到用玩具騙錢的壞人，他們用磁鐵控制指針，騙了不少錢。可是這則新聞已影響不了我戒賭的決心。

阿隆與狗 之一

小學一年級時，我很喜歡到農校宿舍西南角一個老師家去玩，因爲他們有女兒與我同年級但不同班，長得好可愛。他們有一隻小狗叫小黃，非常聰明，我們天天和小黃一起玩。

小黃長大後，有一天，我看到小黃在竹籠裡睡覺，大人說小黃喝了酒要睡覺，不要吵牠，我們只好自個兒去玩耍。後來回到她家，看到東邊樹上吊著小黃，我還不清楚發生什麼事，下午再到她家後門口，看到一隻沒有毛的狗被開膛剖肚，我一聲慘叫跑回家，從那時起，我不敢再和她玩，更不敢到她家去，生怕和小黃一樣的遭遇。現在父親才告訴我，那位老師是廣東人。看了那幕一生無法抹滅的慘狀，這一生我從不敢吃狗肉。

阿隆與狗　之二

初二暑假，父親到南投省政府教育廳出差，買了台中鳳梨酥回來給我們，三兄弟搶成一團，我自恃身手矯健，從下舖往上舖的扶手一拉，本想翻身到上舖，不料扶手斷裂，我整個人往後重跌，後腦殼硬是打在水泥地上。我暈死過去，立刻被父親送到隔壁台南醫院急救，途中嘔吐很嚴重，是重度腦震盪。兩日後甦醒過來，父母親告訴我說，家裡的狗哈里在我出事那天夜晚，不知何故，從來不進屋子的牠，竟然闖入去吃床下的老鼠藥，然後在半夜哀嚎不已而毒發身亡，到現在我還一直認為哈里那天是代我而死的。

以前像陶淵明的〈桃花源記〉全文，我才看一次，便能當著全班同學背誦，令國文老師刮目相看。自從腦震盪後，背書就變成我很痛苦的負擔。過目不忘的本事不見了以後，做人做事都需要更用心，塞翁失馬，焉知非福。

擠奶樂

在台南農校，我每天早上會蹲在乳牛群旁看人擠牛奶，過濾後就生飲一杯，一直沒間斷過。搬到新化農校，學校沒有乳牛，父親向新化畜牧改良場買一隻安哥拉母羚羊。牠生下小羊後，我開始學父親擠羊奶，可是手太小，手勁不夠，手一抓住羊奶頭，奶水就往上流，擠不出來。一直到小學六年級，才抓到竅門，要先用大姆指與食指在奶頭上方迅速圈緊以防奶水逆流，再依序以中指、無名指、小指逐漸往下擠，就會射出奶箭，聽奶水噴出射在桶子的聲音很過癮，手勁愈練愈強。擠奶眞是個好運動。

搬到台南護校，我們繁殖了八隻母羊，每天放學都要到台南醫院割草餵羊，星期天則到鄉村找甘蔗葉、番薯葉、野草，才能維持羊的營養。王家羊奶不外賣，除了自己喝，還送給校長及三兄弟的導師們喝。

爲了保證母羊每胎能生兩隻小羊，我們都會在母羊發情時，請新化畜牧改良場的專家到我家，在一週內做兩次人工授孕。有時候會生三隻小羊，多餘的小羊都會有人找上門來買。

年少不識愁　之一

看了宮崎駿的卡通影片「龍貓」，讓我回想起小學三年級升四年級的那個暑假，父親從台南農校跟著駱美光伯父、還有鄭伯伯，三人一起調職到新化農校接掌校務，駱伯伯當校長，父親和鄭伯伯則當主任。

我們搬進的新家是一排南北向的四戶標準日式宿舍，前院後院都有蓮霧樹、芒果樹。我們的宿舍是靠西邊間，宿舍西側是一片空地，約二百坪左右，全家動手把它變成菜園，每天清晨從一棵老柚木樹下的古井打一百多桶水澆菜。小白菜長得最快，四季豆、長豆四十天就掛滿整排插竿，番茄紅通通的結實纍纍，還有紫色亮麗的茄子、日益壯大的甘藍菜和花椰菜，每天都有好菜收成，隔壁的老師們也都分享我們的成果！

蓮霧和芒果結果的季節，我們可忙得很，要吃水果就爬上果樹現摘現吃，吃飽再回到地面。有一晚，我嘴饞溜到樹上去吃蓮霧，愈吃愈香的時候，發現怎麼滿嘴辛辣、苦澀無比，不小心嚥下一口，對著我家門燈瞄一眼手上的那半個蓮霧，只見食指按著半隻毛毛蟲，另外半隻難道已經……。我一路作嘔的跑回家漱口，不一會兒，嘴唇、舌頭腫得老大、老大的，兩天才消掉。天啊！借問世間多少人吃過毛毛蟲？

年少不識愁　之二

永康鄉二王村有砲兵部隊，成大東邊則有砲兵學校，每年寒、暑假他們都會借用新化農校的操場作砲兵射擊陣地，往六公里外、虎頭埤附近的山頭做實彈射擊。我常摀著耳朵在砲陣地後方觀看，聽一聲聲「放」的口令，接著是大地一震，雷霆萬鈞的巨響，砲口一陣火光，就看到一顆顆屁股冒火的砲彈呼嘯升空，以很美的弧線飛到對面山頭，看到山頭炸出排山倒海似的飛砂走石，隔了二十秒才聽到陣陣低沉的砲彈著地爆炸聲，場面十分壯觀。

這年是金門八二三砲戰開打後一年，部隊實兵操練十分頻繁，每個月都有部隊在新化山區進行演習，常借新化農校紮營，我家屋簷下也常有許多士兵就地掛蚊帳打地舖。父母親都會熱心送開水、煮點心請他們。帶隊主官很喜歡我，教我認識各種射擊武器。

我感覺好像隨時會打仗的樣子，不但不恐懼，反倒蠻興奮的，真是年少不識愁。

渾水摸蛋的日子

新化農校種了大約三百多棵大芒果樹，品種超過十種，盛產季節時，每天有吃不完的甜芒果。通往新化鎮途中有一座橋，每逢颱風過境，橋下溪水就暴漲，曾沖毀橋面。當地居民群聚橋上，撈拾上游帶下來的浮木，一不小心人就會被大浮木拉走，險象環生。

平日潺潺溪流，水清見底，兩岸沙浪高低起伏像極沙漠風光。我常拔長頭髮綁螞蟻，找沙丘上直徑五公分大、形狀有如火山口的小凹洞，把螞蟻放在中央最深的穴口，不消五秒鐘，就有一隻像蜘蛛、我叫牠作「沙豬」的節肢動物從沙底冒出，咬住螞蟻。釣到小沙豬，就改用小沙豬作餌，去找大穴洞釣大沙豬，一玩就是大半天。

玩膩了，就到橋另一邊的鴨寮去摸蛋。鴨寮養了數不清的白褐色蛋鴨，呱噪無比，吵死人了，「喋喋不休」大概就是在說鴨子吧！

岸上、草棚下、草堆裡到處都是蛋，非常壯觀。我們絕不可拿，鴨寮主人會抓，但他不管我們到水裡找蛋。也許鴨口眾多，一些占不到舒服產房的鴨子，索性在水中下蛋，所以每次都可摸到好幾個私生在水裡的青殼蛋。但我們可也要付出代價的，因爲鴨屎臭氣衝天，鴨子在水上除了下蛋，更常拉屎，摸蛋的水域水色一片混濁，很有味道。

蜂劫餘生

有一次新化農校放暑假時，我在校園圍牆旁的一棵芒果樹上，發現一大一小兩個虎頭蜂窩，自恃丟石頭又遠又準，所以揀了一堆石塊，在自認爲的安全距離外，向樹幹上的蜂窩用力丟擲。當一塊石頭打中蜂窩，密密麻麻的虎頭蜂一下子被炸出巢外似的往外擴散，我趕緊趴在地上，只聽到頭頂上刺耳的嗡嗡聲忽大忽小的盤旋著，我既驚又喜的瞄到幾隻不死心的虎頭蜂在我鼻子附近飛。幾分鐘後安靜下來，抬頭看，所有的蜂都飛回巢裡，於是放心站起來，拿著一個大石頭跑到樹下，瞄準大的窩砸過去，整個窩都掉下來。當我想趴下來的時候，蜂窩居然滾到我前面，我嚇得拔腿狂奔，說時遲、那時快，腦袋瓜硬是被螫了好幾針。我用雙手捏死好幾隻叮我的虎頭蜂，但揮不走烏黑一團、追逐在我頭頂上的蜂群，直到筋疲力竭撲倒在地後，蜂群才高奏凱歌班師回朝。

爸爸媽媽急忙護送我去看醫生，打會排出紅尿的消炎針。我總共被叮了五大根毒刺，其他病患說一個人要是被虎頭蜂叮三根毒針就會沒命，我聽了很傷心，心想只有回家等死了！還好頭痛了兩天，又是生龍活虎的好漢一個。

老鷹捉小雞

童年時，大家都玩過老鷹捉小雞，當小雞實在很刺激。

我只在新化農校住一年，然後就隨父親調職到台南護理學校，而搬到台南市民族路護校宿舍。

新化農校的校園裡到處是飛禽走獸，駱校長宿舍裡高聳的松樹頂上有個好大的老鷹巢，我好佩服牠能翱翔高空，巡弋天際。直到有一天，我親眼看到面前的母雞突然急聲吱叫，把一群小雞用膨悚的雙翼伏在地面保護著，我正覺得莫名其妙的當頭，從天上撲下一隻大老鷹，展翅舞爪的把一隻小雞給嚇得到處亂竄。當我明白怎麼回事、去趕老鷹時，已來不及，眼睜睜的看那隻老鷹捉到小雞，振翅高飛而去。我一路追趕，做無言的抗議，終於目送牠沒入一公里外的叢林。那幕活生生的老鷹捉小雞永生難忘，從那天起，我對駱校長的那個老鷹巢印象壞透了！

老鷹捉小雞是天命，但被捉的小雞，其心情和我們玩耍時當小雞的驚嚇心一定是差不多，只不過我們還活著，牠卻眞的命喪鷹口。現在想起來，仍舊於心不忍良久。

阿隆走夜路

念新化國小四年級時，學校開始幫我們補習，每天晚上補到九點才放學。新化農校和新化國小相距二公里，農校遺世獨立，位處荒郊野地，人煙稀少，夜路空無人跡，只有我孤單一人拿著手電筒高歌壯膽，一路唱回家。

有一晚經過傳說曾鬧鬼的橋頭，被迎面而來的黑影嚇得把手電筒往前一照，只聽到一陣跌倒聲，接著便是憤怒的辱罵聲，原來是有人騎脚踏車沒打開車燈，把我嚇到；那人則被我的手電筒強光照得眼花，而差點摔到橋下去。我看那人窮兇極惡，對我大叫：「你還敢照我！你還敢照我！」心想，若不跑，穩挨揍的，立刻向他說對不起，拔腿就衝過去，直到叫罵聲消失在腦後，才敢停下來，當時眞怕那個人追過來。

阿隆夜路走了一年，沒見到鬼，反倒是練成一身是膽，還練了一副好歌喉，一輩子受用不盡。

熱鬧的蟋蟀季節

每年夏季，火紅亮麗的鳳凰花怒放，田裡的芝麻陸續收成。這時，我會帶弟弟到田裡去捉蟋蟀。蟋蟀多躲在一簇簇豎立待曬的芝麻桿堆裡，我們掀開來，黑色（黑龍）、赤色（赤羌）的蟋蟀四處走避，我們眼明手快捉背翅有印痕的（有印是公的，無印是母的）往袋子裡放。火熱的太陽底下，揮汗如雨，卻不覺得苦，每個人都捉了上百隻便回家，用小盒子分裝，以免互相咬斷觸鬚六肢，而壞了「六脚長鬚」的鬥相。過程中翻出蛇窩的驚險鏡頭是常有的事。

蟋蟀是天生的鬥士，牠們節奏強烈的鳴叫聲，響徹全家。衆蟋蟀們爭先恐後，捉對廝殺，等待上陣的蟋蟀全是一副殺氣騰騰的戰鬥姿勢，一直在我們雙手前後交替做成無止境的隧道中往前爬。臨上場時，我們還把蟋蟀放在左手，再用右手循環敲擊手腕處，讓蟋蟀一再騰空，直到擺上竹筒的一端，牠就勇往直前，沿著竹筒做的戰道迎面痛擊對方。有些蟋蟀會逃出戰場，要是來不及捉住，牠們跑遠了，就會被附近的雞啄走。

蟋蟀在草裡叫，蟬在天空、樹上叫，我會在天亮前找樹幹上剛從地底下爬出來準備脫殼羽化的蟬幼蟲。要不然讓牠飛到樹上，就得用黏蒼蠅的膠沾在竹竿頭上去捕捉，捉到還得用汽油把黏膠洗掉，手續可麻煩多了。

上課時，老師說不要吵，不是指我們說話，而是要每個人書包裡的蟋蟀和蟬安靜一點。

捉蝙蝠

夏天的台南市，在公園路與民族路交叉口的台南市立圖書館（現在遠東百貨所在位置）前的大水溝橋孔裡，每到黃昏，成千上萬的蝙蝠飛進飛出，忙著吃飛蚊，滿天都是吱吱叫的聲音，正好也是我放學時分，我和同學都很好奇，想捉蝙蝠來看牠們到底是長得什麼樣子。

用網網很久都捕不到蝙蝠，牠們竟然全部從網邊掠過。那時以爲是蝙蝠眼力太敏銳的緣故。有一次，看到自然課本說蝙蝠是用超音波折射原理閃避飛行障礙，難怪那麼大的網子捕不到牠們，於是改用地攤丟在地上的骨頭以細線綁住垂在洞口，不一會兒，一隻蝙蝠撞到線、把骨頭彈上，纏住翅膀，一陣興奮、一陣害怕的把線拉上來，終於看到牠的眞面目，眞所謂「獐頭鼠目」是也，背有黃毛，半透明的薄翼看得到血管和爪子。用這種克難工具，一下子接連釣到五隻，卻被一位老先生在旁斥責道：「小孩子不學好，聰明用在殺生上。」我被罵得內心十分愧疚，以後不敢再去打擾蝙蝠洞了！

難忘的小學同窗

小學一到三年級，我是在永康國小就讀的，日子過得很得意，因爲每個禮拜一老師都會要我跟同學講我在前一天到台南市買的《漫畫大王》（《漫畫周刊》前身）和《模範少年》的故事內容——諸葛四郎、眞平、魔鬼黨、哭鐵面、笑鐵面、地球先鋒號、小俠龍捲風、阿三哥與大嬸婆……，我雖有口吃，但老師、同學都聽得津津有味，全都上癮了。

我的書包裡常有一盒自己繁殖的蠶寶寶和蠶卵，學校同學常向我買。有時，我還會在台南市用批發價買讓人猜黑馬或白馬的糖盒，一盒十五元，同學用一毛錢可抽一顆糖，如果猜白馬，而糖裡面包的紙正是印有白馬，就可免費再抽第二顆糖，連中連猜，通常一盒平均會有二十多元收入，可淨賺五塊錢左右。

還有一件大糗事，有一天我在路邊撿到一大個從沒見過的橡皮擦，中間有花形大洞可套在脖子上玩。我用刀子把它切成一百多塊小橡皮擦，同學紛紛好奇的用每個一毛錢去買。那天起，老師發現全班同學的作業簿都變得破破爛爛的。同學說是用王興隆的橡皮擦弄的。老師看了，說那是一種做外銷拖鞋的材料，不能擦簿子。難怪那麼難擦，本來賺到的外快都被同學要回去。

這段日子難忘的同學有許大江、張東生、許賜台、黃滿珠、吳純美、歐瑞崑、張玉玲，導師爲林安國老師（一年級）、蘇月娥老師（二、三年級）。

小學四年級就讀新化國小，每個人都穿背後印有藍色大學號的白汗衫，全校學生看起來像一群犯人，眞好玩。這一年我學會了騎小脚踏車，常騎到街上冰店買一大塊白冰，同學們輪流舔，好消暑氣；上課時，就把冰塊藏在圍牆邊扶桑花叢下，用泥土蓋著，一下課又衝出去把冰塊拿到水龍頭下，將泥土沖洗掉，再繼續吃，直到完全融化爲止。

這一年，我的棒球天分嶄露出來，我的快速球快到捕手來不及接，而被我正中眉心，氣得楊復輝不再接我的球。這一年讓我難忘的同學有楊復輝、楊榮昌、董永隆、呂芳銘，導師是帥哥蔡松聯老師。虎頭埤是我常去玩的好地方。

五、六年級就讀母親的母校——台南市成功國小，當時的校長和教務主任都是母親的老師。

校長曾銅鐘在操場看到我投球，王牌投手的架式十足，便找導師許澤昂老師要我加入校隊。老師編理由說，我父母不准我打球，我好失望，校長也很失望。成功國小棒球隊在台南市國小棒球大賽經常奪得冠軍，每年比賽，全校高年級同學都會被老師帶到棒球場當啦啦隊。全場歌聲雷動，每個啦啦隊都在高歌，最轟動的歌曲是全體成功國小校友都會唱的棒球賽加油歌：

「成功健兒勇出場，威武莫敵氣昂昂，
允文允武好榜樣，奪得錦標凱旋還。」

各校啦啦隊把比賽氣氛激揚到人心沸騰。立人、勝利、永福、協進等強隊都被我們打敗，可惜最後敗給擁有一名強投強棒選手的進學隊，兩年都只拿亞軍，該不會是因爲缺了我這個上不了場的王牌投手吧！眞的，到現在這麼老了，我還這麼認爲，眞是憾事一件。

白天我把體力都發洩在操場上的運動當中，晚上全班移師到莊明芬父親的莊小兒科醫院後廳，導師跟我們進行當時全省聞名的「國小惡補」。拚升學率的明星學校裡，每一班的導師都承受來自校方與學生家長莫大的壓力，我晚上累得常打瞌睡，許老師拿我沒辦法，因爲他每次問我黑板的題目怎麼做，我半睡半醒的把黑板上的數字隨便加減乘除，竟然沒有錯過一次。

六年級下學期，我的成績突飛猛進。一千五百位六年級學生每週都舉行全校模擬考，不考作文，滿分是一百八十分，我常一下子就寫完，沒事幹就在試題上畫漫畫、啃玉米，監考的老師知道我分數高，就任我做我愛做的事。我常拿一百七十八分或一百七十九分，名列前茅，可是聯考還是考輸我的班長郭昌熾，他考了個探花。

這段時間，我最難忘的同屆同學除了班長外，還有莊明芬、洪國華、王怡仁、陳文博、邱繡環、林雅珍等。導師許澤昂後來也當二弟王耀峰的導師。我們兄弟受他嚴加管教，才打下良好的求學基礎。

金城初中憶往

台南市立金城初中是塡魚塭，在一片充滿鹽分的新生地上建校的，由前台南一中訓導主任王瑞東（他也是南台灣數學王牌老師）創校的。創校第二年，金城初中參加全國數學競試，名列第二名，個人成績則包辦前三名。我是以第一志願第二名考入該校。新生報到第一天的升旗典禮，我就被熾熱的太陽曬得中暑，筆直的往後倒地，「碰！」的好大一聲。許金輝老師緊張的把我扛到保健室，用阿摩尼亞液刺激我，讓我醒來。

颱風天的日子，狂風驟雨會把學校周圍魚塭裡的虱目魚打得七葷八素的浮到岸邊，下課時我再用水桶撿回昏魚。老師知道後，嚴禁我們去撿魚，以免侵犯魚塭主人的權益。我常用岸邊木麻黃枝葉到充滿蜘蛛網的樹叢裡沾滿蜘蛛網，然後在魚塭中輕輕拂動，不知是絲網的反光、還是其他原因，一尾尾蝦子都爭先恐後的游到木麻黃針葉裡。

初一升初二那年暑期進修的一天下午，我和八個喜歡冒險的同學騎脚踏車到安平海邊玩，看到蚵寮有一艘竹筏，我們跳上去，解開插竿上的纜繩，由我用竹篙撐著出海。不知不覺中，竹筏漂往外海，直到竹篙都撐不到海底，才知道闖禍了；好一陣子後，幸逢漲潮，潮水又把竹筏送上岸，嚇得每個人都趕忙跳水，逃到陸地，眞不敢想像會回得來！

吾愛吾師

初一的導師吳貞英，當年是以第一名的成績畢業自台灣師範大學生物系，我的初中校長王瑞東特別到師大禮聘她回來。她家就住在每個台南市孩子做十六歲行成人禮的七娘境廟旁。正心叔叔曾送我一部英國製紅色的鋁合金脚踏車作我金榜題名的賀禮，因爲車子前面有車籃，導師常託我把各班生物考卷送回她家。

有一次生物課上到植物的繁殖方式，她說像菊花就不能用種子繁殖，只能用壓條法或分芽法。這跟我小時候的經驗不一樣，於是我站起來說老師不對，菊花也可用種子繁殖，因爲我一個人在永康國小二年級、三年級教室前面的花圃用菊花種子繁殖出好幾百棵，一大片花海把校外人士都引到校園參觀，並採回去觀賞或泡茶。吳老師聽了，說我不對，我們師生兩人面紅耳赤的對辯好久，最後我說了一句：「老師妳沒種過菊花，不跟妳說了。」然後才坐下來。年少氣盛、冒犯老師，現在回想起來蠻不好意思的。

初二導師黃滄海，是台灣師範大學中文系才氣橫溢的詩人，仿若李白再世，他一直向學校老師和班上同學說：「王興隆有詩人氣質。」常拿我寫的週記、作文唸給他教的各班同學聽，我被捧得開始有立志當大文豪的雄心。他當過飛行員，駕駛過教練機、戰鬥機，後來才去念師大。班上同學豁達的人生觀都是他啓蒙的，對我們人格的形成影響頗巨，我非常感謝他。

初三導師王國雄，是台灣師範大學化學系第一名畢業，對我們要求十分嚴格，但又讓我們心服口服。最令人折服的是，高中聯考前他幫我們這班以一百個較難的重點題目加強複習，結果有三分之一考出來。我們班上高中聯考理化成績居然都考七、八十分以上，我物理的根基就是他奠定的。王老師後來成爲全省補習班界頗具盛名的理化名師，實在是令大家無比尊敬的好老師。

初三的國文老師王輝雄，對我更寵愛，作文分數別人只拿六、七十分，我卻屢次拿到九十幾分，幾度還拿九十七分。王老師和黃老師一樣，拿著我的作文本到初三各班去唸給大家聽。他鼓勵我朝文學方面發展，並且當著全班同學面前，說以後他要帶我去台北介紹給師大中文系的一位名教授認識，拜他爲師。

我一直以爲王老師是師大中文系的畢業生，後來他成爲南台灣補習班界的王牌英文名師，寫了很多暢銷的英文參考書，才知道他是師大英語系的高材生，且在校時就通過外交官高考優等錄取。當年是金城初中師資調度的緣故，他才有機緣教我們國文。

他和同學們談話，我們都可感受到句句皆是肺腑之言，那種誠懇的態度，讓我們有幸體會到什麼是「如沐春風」。王老師是苦讀出身的，胃一直不好，不知後來改善沒？甚念！

許金輝老師是成大電機系的高材生，英俊瀟灑，渾身充滿活力與魅力，教起數學來保證不會讓人打瞌睡，反倒個個茅塞頓開。他是校長王瑞東的乘龍快婿，為協助丈人辦好金城初中，無怨無悔的到不毛之地闢建新校。他的兩個兒子偉信、偉德都是在那時候出生的，我在許老師家補習時，常聞到師母做月子燉補藥的香味。我逗小師弟、瞇眼張口微笑的嬰兒樣子，記憶猶新，後來偉德也念了成大工程科學系，作我的小學弟，現在是ＩＢＭ公司個人電腦事業處處長，娶了一位很美麗的醫師太太。

五年前，我接獲電話，趕到榮總探視剛動完胰臟癌手術的許老師，他談笑風生說一切ＯＫ，很快就能康復出院，叫我別擔心。師母送我出病房，立刻紅著眼，淚水不禁奪眶而出，說醫生開完刀後表示情況很糟糕，交代要早做後事準備，於是迅速出院返家，等候大限之日到來，不久我就接到噩耗，回台南參加許老師的追思禮拜。許老師握住我的手、叫我放心的那一幕，我不敢忘記，許老師！放心吧！我會照顧小師弟的！

陳啓庸老師，當年是金城初中教務主任，是我這一輩子見過最和藹的師長。他教我們英文，更教我們做人做事的道理，青春期的青少年在狂野、不安份的動情期，有幸被這麼好的老師教到，都會成為乖巧的孩子。我一直好奇的觀察陳老師如何幫校長調和全校那麼多有個性、有才氣的老師，老師們對陳老師徹頭徹尾、誠誠懇懇的待人接物，都心存敬意；後來陳老師榮升為高雄市各大國中校長，栽培許多高雄地區的人才。

一九七三年，我參加救國團金門戰鬥營，被推選為隊長，登上運輸艦見到陳老師，才知道很巧，他就是我們全營五百多位大專院校學生的領隊。我這隊長陪著領隊，坐吉普車到處拜會。當時大陸正對金門實施單打雙不打砲擊政策，在砲聲隆隆的七天中，把金門上上下下、裡裡外外都探訪了，而對金門有了極深刻的認識，對島上居民、士兵們深表崇敬。

初中好友宋育安正好在金門服役，他當醫護士官，常為受傷民眾急救，隨手送我一個大陸打過來砸破金門百姓腦袋的砲彈頭作紀念，上面還有血跡。回台灣後，我把這個東西擺在書桌上憑弔了一年，有一天心想，冤冤相報何時了，就把它埋掉了。

三十三年還沒看完的電影

一九六三年，我剛考上金城初中，有一天晚上到中正路沙卡里巴夜市入口左側大全成戲院看電影，片名叫「戰略轟炸大隊」，片中描述美國空軍B五二噴射轟炸機的故事。而那部片子到現在一九九六年，我都沒看完。

記得當時正放映到很壯觀的一大群B五二轟炸機呼嘯升空的鏡頭，全戲院跟著軋軋作聲，椅子都震得很厲害。我覺得這戲院的音響太棒了，臨場感十足，不愧是剛換裝身歷聲立體音效！不一會兒，感覺不對勁了，怎麼椅子開始上下左右撼動，人都坐不穩？每個人你看我、我看你——轟炸機還沒丟炸彈，怎麼會這樣？有人抓不牢，被摔出去，後來才聽見有人大聲叫：「大地震啦！」接著整座戲院斷電，陷入一片漆黑。大家慘叫著，往外推擠逃命，個個衝到中正路上。馬路還繼續搖晃著，兩邊房子好像隨時會垮般的震動著。電線桿迸出火花，吱吱作響，所有的台南市民全跑到馬路上避難。這就是赫赫有名的台南大地震，震度五．五級，震央在白河關仔嶺。

地震中最富刺激感的，大概要數和我同場次的幸運觀衆吧！以後我仍沒機會把這部片子重新看完一遍，片中劇情永遠停在機群升空的那一幕……。

難忘的初中同窗

就讀金城初中的三年，發生不少事情。

初二我們的班長張振原在暑假時到虎頭埤參加學校童軍露營，我沒去，結果他和另一班的學生游出洗澡的區域，慘遭溺斃。他父母傷心得要命，導師黃滄海更是難過萬分，全班同學送葬時，哭成一團。水似柔物，常奪人命。

有一陣子，大家流行蒐集步槍子彈的彈殼，用來做水龍頭的開關器。有位同學叫吳亮德，他做了一把克難手槍，鐵皮捲成槍管，釘在木柄上，還頗天才的用鐵釘當擊錘，用兩塊錢向叫「老芋仔」的同學（他爸爸是軍人）買一顆子彈。他利用午睡時間對著黑板試扣扳機，一聲巨響把大家都驚醒過來，只見有個東西在我左側來回飛了三次。吳亮德嚇呆了，隔一會兒，他回過神來，跳窗逃走了，大家議論紛紛。當時我當風紀股長兼學校糾察隊，立刻起身查看，看到黑板和教室後面佈告欄各被打出三個洞，彈頭就掉在我跟前，於是趕忙撿起來放到口袋。這時許多老師都跑過來逐班問到底發生什麼事，我們班上的同學知道事情很嚴重，都不敢吭聲，訓導主任問我看到什麼沒，我搖搖頭。老師查不出所以然來，就不了了之。事後我要同學們不可再玩子彈取彈殼的危險遊戲，否則一定報告校方，到時候鐵定被退學。

平日我常和要好的同學騎脚踏車南征北討，到處遊山玩水，最好的幾位死黨是劉格正、洪滄浪、謝明憲、宋育安、葉景成、柯中仁、王伯英、張景松、吳進泰、吳進隆、吳少白。趙少康和我們同屆，但互不認識。

初中最高榮譽是合唱團榮獲台南市冠軍，並獲全國第四名；另外，全市競走比賽第一名，爲校爭光不少。

導師吳眞英（一年級）、黃滄海（二年級）、王國雄（三年級），國、英、數老師許金輝、鄧振聲、王輝雄對我十分照顧。音樂兼合唱團指導老師周理俐最疼我，曾說若有女兒，就會把女兒嫁給我。還有校長王瑞東、教務主任陳啓庸，全是我永遠感恩的偉大老師。

畢業典禮時，我領了兩個獎：一是全勤獎，一是操行成績特優獎。

空氣槍的夢魘

初二，吳亮德帶動班上同學玩槍的熱潮，他率先用五百元買了一枝鉛彈空氣步槍，假日到處去射擊。我和另外兩位同學也合資買了一枝，先用水桶練槍法，等能乒乒乓乓射中三十公尺遠的馬口鐵水桶後，就到魚塭邊去射螃蟹、彈塗魚（花跳魚）、還有木麻黃林裡的麻雀，最後藝高人膽大的遠征鄉野山林，打白頭翁、斑鳩、鴿子、烏鳩、伯勞、蛇、蜥蜴和野雞、野兔。凡是具有挑戰性的射擊目標，都是我的槍靶。台南護校升旗時，全校師生敬禮目送國旗冉冉升至頂點時，同時看到旗桿鍍金的圓頭破了，那就是我這神槍手的傑作。有一次，我和同學一起被警察押到派出所門口罰站，經訓誡說政府禁止人民擁有槍枝，也禁止打獵，把獵槍沒收，方才終止年少無知、無法無天的殺戮。

回想那段嗜殺的日子，體會出人性變善變惡，教化決定一大半。為爭取縮短裝鉛彈的時間，我會把一把鉛彈含口中，偶爾不小心嚥了含鉛的口水，嗓子立刻啞掉，很難受；也幸好被禁止繼續擁槍濫殺無辜，否則鉛中毒便是現世報。

養鳥樂，樂無窮

初一的時候，全台灣都在流行養十姊妹鳥，報紙每天都有各種小鳥的行情表。台南護校隔壁就是台南醫院，那時候台南醫院的太平間有好幾棵大榕樹，我常帶著弟弟到窗口去看法醫驗屍、解剖屍體，旁邊就有一根又高又大的煙囪，那是焚化爐，每天都在燒東西，有時候會有肉香味，有時候有福馬林臭味，總之百味雜陳。我們人手一把彈弓，秋天打伯勞鳥，平常打痲雀。大家流行養鳥後，偶爾也會打下逃離鳥籠的漂亮小鳥。

有一天，母親從日本帶回一個可照得很遠的強力手電筒，我就在晚上帶著手電筒，到大榕樹下往樹上探照，居然有好多漂亮的小鳥在樹枝上，於是我就爬上樹。小鳥被手電筒的強光照得一動也不動，被我抓到袋子裡，於是開始了養小鳥的日子，有小鶯哥、白文、錦花、胡錦、十姊妹、金絲雀；十姊妹還賣過一隻三百元給鳥店，一年後卻沒人要養，因爲一隻十姊妹變成五塊錢，都沒人要。

我看到小鳥不下蛋，認爲牠吃得太肥，一抓起來，便可看到鳥屁股堆積一圈黃色油脂，必須在那地方拔掉羽毛，新毛長出會消耗那些油脂，偶爾還將鳥的羽毛噴水，幫助散發熱量，這就是阿隆的「小鳥減肥秘訣」。

十姊妹非常會下蛋、孵蛋育雛，所以我都會把拙於孵蛋的美麗胡錦的蛋交給十姊妹代孵，十姊妹原來的蛋則移給另一窩十姊妹孵。我曾繁殖一千多隻胡錦。

永遠的抱歉

念初中二年級的時候，班上同學盛行耍筆，大家猛練各式花招，有的竟然能盤繞五根手指，把筆耍得令人眼花撩亂，帥斃了！

上課時，同學們耍筆失手、敲桌敲地的摔筆聲此起彼落，終於激怒數學老師鄧振聲，他鄭重警告有誰再耍筆、掉筆，他絕不饒人。

大家一陣緊張，不敢蠢動，都把筆收好。我則把筆豎立在桌上，開始專心聽課，約過了五分鐘，前面的同學不小心頂了我的桌子一下，我的筆倒了下來，輕脆的撞擊聲，把全班同學都嚇一跳，我恨不得當場消失掉。就如大家預期的——老師的脾氣像火山爆發一樣，大吼：「哪一個不怕死的？舉手！」我立刻舉手大聲說：「有！」

大家都想不到會是班上的「聖人」，老師對大家說：「我知道，絕不會是王興隆，好漢做事好漢當，不要連累別人，做的人要勇敢自首。」我再次舉手：「報告老師！眞的是我！」但任我怎麼說，他都不相信，而且愈來愈憤怒，最後罰全班同學到教室外面罰站，直到做錯事的人出來自首，才可以放我們進教室。老師氣得去訓導處報告，我則尾隨老師到辦公室，向老師和訓導主任說確實是我做的，他們仍不相信，最後要我回去解散罰站在太陽下的無辜同學。

我始終為自己無法被處罰、還連累全班，感到於心不安。在此向當年的鄧老師和二年九班的全體同學，致最大的歉意——那次眞的是我幹的。

阿隆身高一八五的秘方

每個見過我家人的同學，都會好奇的問爲什麼家中只有我長得那麼高——一八五公分。我父親一七二公分，母親一五六公分，兩個弟弟都是一七二公分。

我想，可能是初一升初二那年暑假，大姑婆要母親去買一隻沒發情的小公雞來單獨養（所謂童子雞是也！），等牠長小雞冠、開始啼第一聲時，就通知大姑婆到家裡，在院子用磚塊臨時搭個無空隙的灶，在鐵鍋子底鋪厚厚一層鹽，把宰殺洗淨的童子雞抹上鹽巴，用新鮮茄苳葉層層密封包起來，放入鐵鍋，鍋蓋縫隙以布塞到完全不透氣，再用幾顆大石頭扎實的壓緊。接著準備三兩重的乾稻草，一根一根綁著像細線一般，把點燃的一端從灶口伸到鐵鍋底下，就靠著三兩稻草那一丁點火去烤雞，眞是神乎奇技，我們都不相信這樣燒雞肉就會變熟。

三兩稻草燒光後，還得等半小時才能打開鍋蓋。母親取出熱氣騰騰的茄苳葉團，把燒黃的葉片撥開，要我把整隻童子雞吃光。我一吃，更覺得不可思議，因爲不但肉是熟爛，而且還美味可口，一會兒就吃得一乾二淨。

接下來奇蹟出現了，初二那一年，我從班上第五高一六五公分，長到一七七公分，變爲全校第二高，最高的叫李弘道，但高中時也被我趕過去了。後來母親對兩個弟弟如法炮製，但可惜他們都吃不到半隻，喉嚨就緊縮嚥不下去。

一些家中有正值發育期青少年的家長，不妨參考此一增高秘方，試的人請告訴我效果如何，我想了解這個秘方的成功率。說不定二十一世紀中國人的平均身高將因此增加十公分以上。我大姑婆的兒子洪瑞麟，以前就是用此秘方長到一八三公分。

難忘的高中同窗

就讀南一中三年，我曾經當班長、田徑隊隊長、校際合唱聯隊隊長，校外比賽常獲大獎，記功、記嘉獎無數次。畢業典禮，我是唯一領三項獎的畢業生，一是全勤獎（全校二十多人全勤），一是操行成績特優獎（陳水扁與我同屆，好像也領到這項獎，全校有十人得獎），一是體育成績第一名獎。

在南一中，我見識到什麼叫天才。高中、大學、高考都是狀元的尹明譚，從不補習，我問他回家有沒有讀書，他說上課老師所講的統統記在腦子裡，有空直接在腦子裡再想一次就ＯＫ。課外活動照玩，班長照當，功課照樣全校第一名、全國第一名。他是讓我打心底尊敬的同屆同學。

高一一直站在我身邊的排頭——韋啓承，在東港救人不幸被海浪捲走，不見屍體。東港小義人的銅像揭幕暨全國各界追悼典禮時，我這班長率全班同學趕去悼祭致敬，一位優秀、幽默的同窗永別了！

高一、高二時，學校規定大家要理光頭；到高三，學校同意學生留小平頭，我們班九個人堅持繼續留光頭，拍畢業照時，光頭死黨們還合照一張，其中幾個人的名字如下：

陳振惠、張再榮、黃春風、林傳宗、莊浩欽、陳清風。

三位導師：黃俊銘（一年級）、黃鐘熊（二年級）、陳榮濱（三年級），主任教官毛尊三，介紹我加入國民黨的盛教官，挖掘我田徑能力的黃清泉老師，不知大家安好否？甚念。

榮譽旗的故事

高中以前，我從沒當過班長，考上南一中後，新生訓練時，一個有趣的教官竟把一年級二十個班級最高的同學挑出來當班長，所以我才得以有機會當班長。南一中有個傳統——榮譽競賽，每一個班上整潔成績加上秩序成績是全校最高分者，就可拿到榮譽旗，但全校最糟的也會領到一面「迎頭趕上」的黑旗子。升降旗時，班長都必須帶著這面旗子，上課的時候旗子就插在教室外面，讓過往的師生都看得到。

就在我尚不知班長要怎麼來做的第一個星期，我們班就被宣布為全校最差的一班，拿到了一面黑旗子。當時我想都沒有想過黑旗子竟會落在我們班上，當我拿著黑旗子走回來，一路上全校的同學笑得一塌糊塗，我感到非常羞恥，心裡十二萬分的不甘心。回教室與同學商議後，大家決定改良秩序，但清潔掃地時，全班仍像鬼畫符一樣的草率。我心想，這樣下去，可能我們班又會再拿到黑旗子，於是就在放學後中途跑回學校，一個人將教室打掃得很乾淨。第二星期校長宣布我們班得到榮譽旗，當時班上同學都覺得很奇怪，榮譽旗怎麼那麼容易就拿到？巧的是，當天有一個同學因忘了便當盒跑回教室拿，發現了我在教室打掃而恍然大悟，並留下來幫忙。第二天他就將此事公諸大家，結果從那天起，全班同學都加入清潔工作，我們班變得非常團結，連拿了好幾次的榮譽旗，我也被師長們評鑑爲全校最有領導能力的班長。天曉得！在此以前，我從未當過班長。

由於這一件事，使我深刻體認到，事實上，「領導不是天生的，用服務可以來代替領導」。這段往事，日後我常用來與青年朋友共勉之。

在這個社會，有許多人都比我們優秀，但是如果我們有服務的熱忱，很多人會願意給我們服務的機會，你可藉由服務去認識很多的人，在人生的旅途中增加閱歷、增廣見聞，一定會得到許多意想不到的收穫！

台南一中多善士

高一當班長，同時認識多位他班班長：尹明譚、王怡仁、蔡文祥、郭玄隆、王鴻義、單文經、沙文傑等。一天放學，和單文經看到一位貧困潦倒的老人餓昏在路邊，我們兩人立刻去買麵包、飲料給他吃，並打電話請《中華日報》記者前來了解，希望社會善心人士能伸出援手救濟他。我們兩人送他回家後，還買了一袋米送給他。我們兩人要求記者不要登我們的名字，所以隔天出來一則新聞，報導有兩位行善不欲人知的南一中學生的善行。我看了感到十分溫馨。

高中時，我被學校指定爲學生代表，代表南一中到孤兒院、老人院等慈善機構進行慰勞捐贈的訪問，感觸很深，濟弱扶傾的志向迄今一直不敢忘。

南一中大門到民族路與博愛路口，有個U字型的大坡段，上面是鐵道拱橋，鐵路倉庫就設在拱橋邊，當時還有人力拖車，有位老先生很辛苦的每天拖著滿車貨物，一步一喘的爬那陡坡，有時候拖不動，車子還會倒回最低點。我和同學們不分年級，只要遇上，都會停下來幫他推上博愛路、民族路口。每個出力推車的同學，都會很親切的互相肯定，內心也都充滿正義感與愛心。

行善不但能助人，更有助於激發可觀的精神力量，成為實現自己夢想的原動力，做出對人生更有意義的貢獻。

阿隆環島遊

高一寒假，我們全班搭黃俊銘導師家的全新遊覽車做一趟環島旅行。我們走中部橫貫公路，沿途欣賞不同地貌與林相。在深山中難得遇上一輛來車，每次錯車而過時，兩車的人都會熱情的互打招呼，我心想，這不就是人生的縮影嗎？人生旅途中沒有朋友是很寂寞的。一路行經谷關、大禹嶺、天祥、長春祠、太魯閣、花蓮。

在天祥，我們見識到立霧溪的鬼斧神工，就算那麼柔的水性，只要持之以恆，都能把堅硬無比的大理石山脈切割出萬丈深淵。

因爲連日豪雨，蘇花公路坍方，我們的車子必須折回梨山，改走中橫宜蘭支線，半途我們目睹恐怖的山崩，車子被困在崇山峻嶺中整整一夜。夜深人靜時，彷彿聽得到森林的呼吸聲，感覺得到霧的摩擦聲。我們只能整夜呆坐在遊覽車裡，用一路買上車的名產充飢。

這時，我想了不少事情，那麼硬的石頭山都會毀壞，世間還有什麼東西能永恆存在的呢？

睡了一晚，天還沒亮就被叫醒，大夥兒被帶到附近一個林班工寮喝摻鹹魚肉的稀飯，吃了一夜的花蓮名產——花蓮薯、小米糒糬，頓覺這餐稀飯眞是山珍海味，好吃極了。隨著天一破曉，我才發覺自己身處在一個晶瑩剔透的琉璃世界。我看見每棵樹都覆蓋上白皓皓的冰霜，當太陽上升時，把冰柱化成一粒粒閃閃發光的水珠，就這樣，大珠小珠落玉盤似的，把滿山遍野的雪樹銀花串出一條條水晶鍊子。人間若有仙境，這就是！

我把沿途的風光，以個人的欣賞角度全都拍到相機裡去。開學後，洗出來的風景照片，多位老師都十分喜歡，還介紹別班的同學來買，讓我發了一小筆藝術財。

拚命阿隆

我做事，事不分大小，都是全力以赴，傻勁十足。

念南一中時，我最得意的事是被學校指定爲校慶運動員宣誓代表。校長說，宣誓代表一定要把南一中學生的優點完全表現出來。因爲在場的台南市所有地方首長、校長、士紳只能從這個宣誓代表得到對南一中學生的印象。我不很清楚南一中學生的優點到底要怎麼表現，只知道這個任務不能搞砸，於是用心背誦宣誓內容，短短的誓詞，我每天都大聲背三十次，自我排練總計超過一百次，連作夢都在宣誓。

這股傻勁終於獲得大家的肯定，那天典禮進行到最後一項，大會司儀趙璧（我同班同學）宣布：「運動員宣誓，由王興隆同學代表全體選手宣誓。」

這時全校六十面班旗，全都圍繞在我前方，成宣誓隊形。我向全校同學下達宏高清澈的口令：「全體都有！立正！舉起右手！」然後轉身向司令台行舉手禮，再高舉右手，以丹田發出結實嘹亮的聲音報告大會主席：運動員宣誓——「余誓以摯誠，發揚國父提倡體育之精神暨實踐　總統勗勉國人強身報國之訓示，以運動員資格參加比賽，願恪遵大會一切規章，並服從裁判員之判決。王興隆謹誓。」

整個「運動員宣誓」，過程緊湊，發號司令乾脆俐落，司令台上觀禮的所有貴賓、市長、議長、各校校長，爆出激賞的熱烈掌聲，校長金樹榮神采飛揚、十分滿意。

那天放學回家，看到父親高興得對全家人說，台南護理學校的校長李美莉向全校老師說，坐在她隔壁的台南女中校長一直跟她誇獎這個宣誓代表十分優秀，將來可以當他們學校的女婿。李校長很得意的說：「他的父親就在我學校任教，我看著他長大的。」

只可惜後來我變成北一女中的女婿。

南一中合唱團

南一中合唱團有悠久的光榮歷史，是全校同學最嚮往的社團，不過很難加入，因爲高一音樂分數要夠高，這是最殘酷的一關，因音樂課很多人不及格，得補考才過得了關；其次就看個人造化，音感、音色、音域都不可失手，平均一班錄取一名。合唱團員被賦予特權，每天利用升降旗時間練聲樂，所以上了高二我就不再當班長，專心練合唱。

參加全省高中合唱比賽時，遠征新竹，住在旅館，每張床分配三個人睡一起。我對蔡文祥、張景松開玩笑說，小時候我斷奶失敗，到現在半夜都會夢到找奶頭吸奶，嚇得他們抱緊胸部，溜到別處睡，任我說那是開玩笑的，他們都不敢冒這個險和我睡一起。

我們連得了兩年全省冠軍。指導老師是李秀蓮老師，她最呵護我們這個「和尙團」。台灣區中上聯合運動大會在台南舉行，長榮女中王子妙老師負責把南一中和長榮女中的合唱校隊組成合唱大隊，我被他挑選爲大隊長，幫忙糾正每位團員的發音。大會開幕典禮，大家找不到我這個隊長，卻看到我在台下舉著南一中校旗率田徑隊通過閱兵台，他們才發現我也是田徑隊隊長。

那次我奪得手榴彈擲遠全省第五名，是全校唯一得獎者。

難忘的大學同學

大專聯考大家都拿九十分以上的三民主義，我只考六十分；大家考五、六十分的物理，我卻考了個成大最高分九十五分。

我考上全國唯一的「工程科學系」，這個系當年在美國廣被設立的原因，是美國檢討為何讓蘇聯領先把人造衛星發射上太空軌道，發覺美國的大學教育缺乏培養系統整合的人才，以致於許多專家懂機械的不懂電機，懂材料的不懂電子，懂科技的不懂管理，技術資源不易做最有效的整合，因此創設工程師與科學家的整合搖籃——工程科學系，然後在太空競賽中迎頭趕上，一直領先到今天。

創系的老師有我國最有名望的工程數學泰斗朱越生老師，接棒的歷屆系主任都是傑出的科技人才，分別是夏漢民老師、張正生老師、周有禮老師、陳澤生老師、李超飛老師、陳祈男老師、周榮華老師。其中深受師生愛戴的夏漢民老師，後來果然受國家器重，步步高升，成為校長、內閣閣員。

我們學遍理工學院各系的主科，甚至研究所的課也開，包括近代物理、線性代數、微分方程、高等微積分、工程數學、工程力學、數值分析、電子學、電路學、流體力學、熱力學、熱傳導學、材料力學、應力分析、氣體動力學、電漿學、統計學、製圖學、作業研究、品管學、生管學、資料結構、組合語言、作業系統、系統分析、類比分析。我還跑到會計系修張昌齡老師要求最嚴厲的會計學，畢業時共修了一百六十八個學分，四年功課雖是全校最沉重的，但我的大學生活卻是最多采多姿。

立法委員朱鳳芝的先生唐江濤是我大一的導師。唐師母很漂亮，那時候剛生女兒。時間過得很快，眞想不到師母會成爲很出名的民意代表。

同班同學臥虎藏龍，有管弦樂團團長溫鴻基、籃球校隊隊長趙章績、全校最大社團滔滔社社長張聖林、橄欖球校隊高主仁、乒乓球校隊隊長謝申健。我則是全校各種校隊搶著要的人，心想若都加入，書就沒有時間念，後來只加入田徑隊和合唱團（後來唱了一個月，覺得太花時間就退出）。

成大四年，收穫特別豐碩，我不敢看女生的心理障礙排除掉，口吃的毛病也改掉，緊張失常的現象也大幅改善。校際活動讓我認識上千位各校精英。

成大是加速我成長的大家庭，故事特別多，另有專文陳述。

自我改造第一步

我遇事求好心切、患得患失，常把自己弄得緊張兮兮，表現大為失常。這種個性上的缺點，一直困擾著我好長的一段時間。

到今天，我還是要感謝成大工程科學系的學長們。當年我一進成大，他們都很高興，認為來了一個絕佳的投手料子，全校的棒球大賽冠軍有望，於是開學不久就開始進行操練。

大家看到我那變化多端、球速時快時慢的投球，全隊士氣十分高昂。為了要磨練我的臨場經驗，還特地找外校球隊進行友誼賽。

比賽一開始，我的老毛病又來了，人一站在投手板上，就想拚命三振對方，心跳加速、腦充血，整個人緊張得什麼都不對勁，愈想把打者三振，愈是投不出好球。

一連保送了四個打者，連一個好球都沒有投出來，我眞是無地自容，羞愧的要求換人投。沒想到，吳道明、魏聰海、黃君輝、洪英智……等學長全圍過來安慰我，幫我打氣。他們說：「今天的比賽就是專為培養你的臨場感和實戰經驗。第一次上場，怕生、怯場、失常都是正常的，無論輸贏，你都要投下去，不要怕。」

這時，我毫無退路，只好咬緊牙根，厚著臉皮繼續投下去，又保送了四人。可是心境已逐漸在轉化，我想最糟的情形也不過如此罷了，就讓他們打到我的球吧！想通這一點後，迅速恢復了平常心，終於投出第一個好球，而且愈投愈能隨心所慾，後來完全封住對方的打擊，終場我隊反贏一分。

這一戰打下來，給了我極寶貴的啓示——只要把眞正的自己表現出來即可。平常練就的本事是怎樣就表現那個樣子出來，而不要有非分的念頭、不切實際的妄想，自然就能有個平常心，就能展現自己平常的實力，而不致於偷雞不著反蝕一把米，甚至滿盤皆輸。

自我改造第二步

感謝李辰建、高主仁、張聖林他們三人幫我改掉我不敢看女生的心理障礙，大二剛開學，他們看我大一的表現，看出我不敢看女生的毛病，問我想不想自我改造。我欣然同意任他們擺佈，他們約我晚上六點半到夜外一教室門口見面。

當年成大男女比率爲七比一，而女生大多在夜間部。我一到，他們說：「你不是不敢看女生嗎？今天晚上就讓你看個夠！」我說：「你們要我從窗口偷看嗎？」他們說：「才不是，你要大方的站到講台，從第一個看到最後一個，才能出來。」我聽了拔腿就跑，心想哪有這門子改造法。

他們抓住我往教室裡一推，本來吵成一團的教室頓然鴉雀無聲，夜外一新生以爲我是老師。我站在台上緊張得差點忘了看女生的任務，看不到幾個就面紅耳赤的往外衝，留下一教室莫名其妙的女生議論紛紛。他們三人連說還沒改造成功，再把我推到第二間教室，說也奇怪，我突然感覺看女生並不可怕，於是氣定神閒的把全部女生看了一回，然後還會裝作找不到人似的搖搖頭。待我走出，我對他們三人說：「第三間教室不必你們推我了，我敢自己進去看。」

敢看女生後，我就被班上同學賦予邀女生參加班上活動的任務。可是講話結結巴巴的口吃毛病，還是對我產生很大的困擾。幸好學校女同學頗富同情心，特別賣我面子，幫我這個大口吃邀同學捧場，使得我辦的活動，經常是女多於男。

自我改造第三步

大二暑假，我被學校選派參加「全國大專社團負責人研習會」，在風景優美的淡江大學住了快十天。

各校精英齊聚一堂，每個人都才氣洋溢，個個講起話來，引經據典，頭頭是道，口若懸河，滔滔不絕。但可苦了我這老是口吃、辭不達意的憨大個兒，插不上嘴，只好從頭欣賞別人表現到結訓。十天中間，我一開口就有人對我說：「王興隆，你下面要說的是不是……」接著幾乎完全講出我正想講的話，讓我常臉紅得抬不起頭來。

在回台南的路上，我坐在火車裡反省：自己怎麼跟人家差那麼多？想了六小時，想到可能是課外書看得太少，於是下車把東西往家裡一擺，就到南一書局去找書看，可是不知要買什麼書看，只好寫信向剛分手的一百五十位社團負責人討教，請他們每人推薦我十本好書，結果收到一百三十幾封回函，有許多人還交代我要把蒐集的好書名單送給他們。原本以爲會有一千多本好書，結果統計出來只有一百五十多種，許多好書是重複的，我照著書單排行榜去買，發現那些書眞是棒。第一本看了整整兩天，以後愈看愈快，因爲只要文意是以前看過的，就會很快瞄過去，只有新的思維或不曾想過的才會仔細看。一個暑假過後，我竟然說話變得條條有理，口吃不藥而癒，眞是神奇。

好多人收到我整理的好書名單，有的轉載在校刊上，有的刊登在雜誌上，陳崇崧幫我的文章取名爲「自我改造的捷徑」。

以下就是當年的好書名單，供大家參考。二十三年來坊間多了很多有意義的好書，希望能造福更多的學子。

一、清晨鐘聲㈠、㈡
二、菜根譚
三、呻吟語
四、雅舍小品
五、西潮
六、新人生觀
七、卡耐基處世術
八、改變歷史的書
九、讀書的情趣
一〇、一頁一小品
一一、改變歷史的人
一二、成功者的座右銘
一三、美國之挑戰
一四、裸猿
一五、讀書的藝術
一六、蠻性的遺留
一七、天地一沙鷗
一八、美國本質
一九、群衆運動
二〇、未央歌
二一、文學欣賞的靈魂
二二、文藝心理學
二三、我與通用汽車公司
二四、聖經
二五、金剛經
二六、思想的本質
二七、心理分析與禪
二八、禪佛教入門
二九、熊十力叢書
三〇、盧勝彥叢書
三一、戰爭理論
三二、大預言
三三、異域
三四、代馬輸卒

三五、厚黑學
三六、行為語言的奧秘
三七、血型犯罪學
三八、面相大全
三九、愛情心理學
四〇、深層語言學
四一、語言的心理戰
四二、人相學
四三、合法的謊言
四四、如何使思想正確
四五、初次見面制勝術
四六、認識自己
四七、改善你的人生
四八、時間管理學
四九、演講雄辯說話術
五〇、哲言雋語
五一、心戰戰法研究
五二、吳子兵法
五三、孫子兵法
五四、鬼谷子兵法
五五、中國歷史輯要
五六、上古史故事錄
五七、中國現代史話
五八、孫元良回憶錄
五九、董顯光博士自傳
六〇、我的奮鬥
六一、諾貝爾獎物理學家傳
六二、甘迺迪總統
六三、美國企業組織
六四、日本經濟發展的原動力
六五、中國名人傳記
六六、中國的隱者
六七、我對歷史的看法
六八、戰國策

六九、世說新語
七〇、左傳
七一、美國偉人傳記
七二、世界偉人成功秘訣之分析
七三、陸海空大戰
七四、悲壯海戰史
七五、科學界的智慧人物
七六、實業家成功的奧秘
七七、世界各大企業成功秘訣
七八、中國人致富秘訣
七九、資治通鑑
八〇、老莊思想
八一、論語
八二、周易
八三、三國演義
八四、鏡花緣
八五、笑林廣記
八六、水滸傳
八七、古文觀止
八八、文心雕龍
八九、風雨中的寧靜
九〇、蔣公嘉言錄
九一、曾文正公家書
九二、叔本華論文集
九三、湖濱散記
九四、貞觀政要
九五、培根論文集
九六、存在主義
九七、狂酒歌
九八、冥想手記
九九、偉氏科學方法論
一〇〇、猶太五千年智慧
一〇一、世變建言
一〇二、天下大勢老實話

一〇三、季辛吉心靈的描寫
一〇四、台灣社會力的分析
一〇五、細說元朝
一〇六、細說明朝
一〇七、細說清朝
一〇八、細說民國
一〇九、民國百人傳
一一〇、京華煙雲
一一一、幽默諷頌集
一一二、聖經的批判與維護
一一三、台大人的十字架
一一四、杜鵑花城的故事
一一五、激勵管理
一一六、經營法則集
一一七、時間與生活
一一八、增進記憶十日成
一一九、文壽雜文選
一二〇、文明的歷程
一二一、諸神還在外太空
一二二、來自外太空的播種者
一二三、戀愛金言集
一二四、約會的藝術
一二五、兩性的遺傳
一二六、奇幻世界
一二七、外太空的訪客
一二八、戰爭與和平
一二九、傲慢與偏見
一三〇、塊肉餘生
一三一、亂世佳人
一三二、地心遊記
一三三、拜倫詩選
一三四、老人與海
一三五、居禮夫人
一三六、愛迪生傳

一三七、麥帥回憶錄
一三八、汪洋中的一條破船
一三九、六朝志怪小說
一四〇、唐人傳奇
一四一、七俠五義
一四二、聊齋
一四三、韓非子
一四四、呂氏春秋
一四五、傳記文學
一四六、拾穗
一四七、今日世界
一四八、科學月刊
一四九、讀者文摘
一五〇、家庭月刊
一五一、台大青年
一五二、大學雜誌
一五三、實業世界

阿隆當家教

大一下學期，田徑隊隊長老葉拜託我接他的一份家教，他的學生即將參加高中聯考，名叫黃訓賢，是獨生子，父親是了不起的盲人，經營一家生意興隆的中藥店；母親是位慈祥的繼室。黃父跟我談了話，對我很滿意，要我嚴厲一點，必要時可以打他。

第一次上課，才發現學生個子雖然只有一百六十八公分卻粗壯無比，長相稱得上是俊男一個。我才教十分鐘，他就給我下馬威，竟然在書桌上逐一擺出十八般武器，有扁鑽、武士刀、棍棒、練功的鐵砂包、跆拳道黑帶，還當我的面用手劈斷四塊疊在一起的磚頭，他說自己正勤練鐵砂掌。

我不理會他，反而叫他把寶貝收拾好，專心上課。他不甘心的還跟我炫耀說全校的男生都聽他的。他嘲笑我說離聯考只剩三個月，他絕對考不上的，叫我不必白費心力，因爲他是全班倒數第一名，考試常考個位數。我對他的太保模樣與威脅的口氣極爲反感，大聲斥責他一頓，說他不孝，辜負父母對他的一片苦心。他跳起來大叫，說從沒人敢這樣訓他，要我到外面和他決鬥，武器任我挑。他輸，就認命上課；贏了，就叫我滾蛋。我說動刀會傷人，赤手空拳即可。我心想，不給這個目中無人的太保學生來個教訓，根本罩不住他。

這時候，他父親拿起掃把無比憤怒的衝進來，往他身上猛打。他十分倔強，不閃也不躲，低著頭硬是站著挨揍。原來他父親從一開始就站在門外仔細聽著書房的動靜。他父親向我道歉，要我無論如何一定要教他兒子。他說，三年來，總算有位家教能制伏他兒子。我說，只要黃訓賢跟我道歉，我不會辭掉這份家教。黃訓賢大概生平第一次碰到比他更硬的人，不禁打心底崇拜我起來。後來他知道我念南一中當班長、田徑隊隊長、校際合唱聯隊隊長，對我的話更是不敢打折扣。

我了解他的程度，眞是差得好像沒念過國中一般，幸好他記性其好無比。人家念了三年的功課，要在三個月內把他教會，差點把我考倒。我把他國中所有的課本仔細分析一遍，絕對不會考的丟在一邊，很難懂的也槓掉，數學的主要公式與可能出的考題抓出一百題，英文可能考的單字與文法整理出三百條，理化考題整理二百題，國文、歷史、地理、生物幫他畫重點，要他強記。結果，一考完出試場，他竟然說很簡單，以前在學校平常考都不會寫，高中聯考的題目怎麼大多在這三個月做過。我一聽如釋重擔，就得意的等他放榜。他的學校老師十分驚訝這個全校最不可能有高中念的問題學生，居然金榜題名，而且還是省立北門高中。

他父親特地再給我一個大紅包和一顆象牙印章作謝禮。我高興的則是能證明「有志者事竟成」和爲人師表的成就感。

服務的領導觀

大二要結束前，系會改選總幹事，蒙大家抬愛，我被推舉出來，而無人與我競選。大三一開學，我要系上同學發揮最大的服務熱忱，我安排大二的學弟清晨五點就到台南火車站去接工程科學系一年級新生，沒想到變成幫各系坐早班車的新生帶路。學弟們忙得不亦樂乎，因為該屆新生中幾位大美女——王素蘭、唐麗英、李晶苗……等，都被大家服務過，帶路租房子、買日用品，全程包辦。

我辦活動都全神投入，新生杯籃球賽時，我率全系同學在場外用氣勢磅礡的加油聲幫忙過關斬將，對手一上場，都被我們龐大的啦啦隊聲勢嚇得失去鬥志。小學弟們連日拚戰的辛勞，終獲最高的評價與冠軍杯。

其實工程科學系的人數是全校二十四系中最少的三個系之一。校慶時，我系以士氣高昂的鬥志與團結力量，破天荒贏得向來只頒給新學系的精神錦標。感謝所有支持我的系上同學願意把表現機會讓給我，我也從不忘和大家分享所得到的榮譽。

以柔克剛的投手

從小我的臂力就很強，剛開始可能是常用石頭丟芒果、打椰子練出來的。考上初中時，因爲養了不少熱帶魚，每天早上六點騎二十分鐘車子到台南市文賢路一帶魚塭、浮萍水塘（後來整片塡平，蓋高樓大廈了），用長竹竿綁布網撈魚飼料——水蚤，由於水的阻力很大，每天撈三十分鐘，相當於鍛鍊臂力三十分鐘，一撈就是六年，以後能成爲成大第一投手與全國大專運動會標槍金牌得主，基本功力都是在這段時間磨出來的。

即使是鐵臂，也難消受天天出戰完投。由於系隊只有我能制服對手，而學校棒球大賽，連打一週決高下，用單淘汰制比出冠、亞軍，我連勝三戰後，手痠痛僵硬，只能靠殺力再贏其他三戰。這時，我忽然靈機一動，想到可用最小的力氣把球拋到高空，趁出手的剎那使球快速旋轉，球從最高點以自由落體方式幾乎垂直墜下，因重力加速度的關係，在掉到本壘板尖端時，會突如其來的做大幅度的快速變化。這種投法與快速高壓球、大曲球交叉運用，常讓打者出棒老久球仍在空中沒掉下來。系隊就這樣連拿兩屆兩年一度的棒球大賽冠軍杯，而我這種慢速球就是遐邇聞名的小便球。

大魚吃小魚？

大二時，我領軍主投，工程科學系勇奪全校棒球大賽冠軍。正好府城巨人少棒隊剛奪得威廉波特世界少棒賽冠軍，而全隊就讀我的母校——金城初中。

隊友提議，要我這當校友的回母校找校長——王瑞東與許金輝老師洽商，邀請學弟們到成大與我們大學冠軍隊進行友誼賽。校長欣然同意，但要求要有投手丘以保護投手。這個要求把我們十幾個大學生考倒，因爲當年成大校園沒有一座正式的棒球場，我只好花錢請人運來四車泥土，利用星期六下午，出動全體棒球隊員用圓鍬、磚塊，三個小時將投手丘造好，把大部分的隊友都搞得腰痠背痛，我自己則不幸拉傷背肌。

這個大學冠軍隊和世界少棒冠軍隊對決的消息，被《中華日報》的記者以「大魚吃小魚」爲大標題，報導星期日上午十點在成大運動場開打，結果吸引許多好奇的台南市民到成大看大學生怎麼欺侮少棒隊。

我因背傷不能主投，臨時抓三弟——王耀明當投手。他沒熱身就上場，以快速變化球完全壓制對手，但投兩局就抽筋，不得已只好換上其他人當投手，竟立刻被許金木、涂忠男、葉志仙、吳誠文、李居明、徐生明、沈清文……等小學弟打得落花流水；而許金木、吳誠文投球時，我們這票腰痠背痛的傷兵，打擊完全走樣，居然連一分也拿不下來。全場觀衆從頭笑到尾，因爲戰況跟大家原來想的完全顚倒。大夥兒開始怪我沒事答應做投手丘，賽前消耗戰力甚鉅，結果終場十八比〇，世界少棒冠軍隊痛宰成大冠軍隊。

中午雙方聚餐，小學弟們對我們這些老大哥十分敬重，頻說不好意思贏那麼多分。雙方暢談甚歡，最後我們列隊歡送勝利者凱旋歸去。

星期一，《中華日報》改以「小魚吃大魚」作大標題，報導這場出人意料之外的棒球比賽。相信這趣事是台南市民當天茶餘飯後的好笑話題。成事是我，壞事的也是我，眞是尷尬的角色。

現在看到當年的小將已成職棒前輩，心頭不禁一陣悸動，頻感時光催人老；而當年全台灣千萬人空前大團結，徹夜看越洋衛星電視轉播世界少棒比賽的盛況，以及少棒小將對凝聚民心士氣的貢獻，是我們這一代人永遠忘不了的！

尷尬的受傷經驗

我不喜歡籃球與橄欖球這兩種身體激烈碰撞的運動，我只打棒球，因為當投手不會有打擊者來撞我；我也踢足球，因為當守門員，也不必跟對方頂撞。大二時，我隊踢進準決賽，我手長腳長，站在球門前，對方眞的找不到縫隙把球踢進球門。

我隊當年甚具冠軍相，遇上前一年的冠軍——企管隊，他們有踢校隊的僑生當前鋒，腳法細膩，踢法相當兇猛。對方屢攻不進，下半場快結束前五分鐘，有一球對方攻得很急，我飛身撲到球時，迎面奔馳而來的對方前鋒不甘心，很惡劣的用釘鞋往我胸口猛踢一腳，我抱著球痛得全身扭成一團，最後被同學抬上三輪車載回家，整整躺了七天，系主任及老師、同學都到家裡來探病。這一輩子還沒那麼痛苦過，怎麼躺都不對勁，渾身就只一個「痛」字，痛、痛、痛。

大四，畢業班籃球聯誼賽開鑼了，平常不喜歡打籃球的我，因為是全班最高的長人，只好硬著頭皮上陣為班爭光。以前每次打球，我都會被小個子的對手在搶球時抓傷臉，只好把球施捨給對方，每次都這樣。由於大夥兒認識的女同學都會到場加油，事關顏面，所以每場戰況都很激烈。第一戰，我就出人意表的輕鬆投得十分。我隊連勝三場，決賽時，對方搶到一個籃板球，一個箭步往我方籃下逼進，大家都來不及回防，全場觀衆只見我以罕見的爆發力，迅雷不及掩耳的追到敵手身後，這時他已起跳到空中準備投籃，我飛身彈跳到他上空，帥氣十足的把球給摘到雙手裡頭，全場同時爆出驚歎聲與掌聲。我得意極了，一眨眼身體往下掉，說時遲那時快，閃都閃不掉，整個下體撞到籃球架的柱子，我當場痛得暈了過去，隊友們趕過來圍成一圈，不讓女生過來看。大家很關心的問我說：「有沒有破？有沒有破掉？」有同學幫我拉開褲頭，伸手摸了子孫袋，說：「沒破，但腫得很大，趕快送醫院。」我心想，這輩子大概不能傳宗接代了。

我躺了整整一個禮拜。値得欣慰的是，我們最後仍拿到冠軍，只不過老師、隊友及多位男、女同學來探病，我都很尷尬，不知怎麼回答他們我的康復狀況！

烏龍記

大二，溫鴻基自作主張，幫我報名參加全校獨唱比賽，而比賽那晚，班上同學正好在許錦堯（他父親發明棺材板小吃）家開舞會。我唱完、等到宣布得大獎後，興高采烈的騎摩托車往阿堯家衝，等趕到時，已經曲終人散、人去樓空，只好失望的折回。失望中看到前方有一群人，我湊過去，哈！是同學們。有人叫我的名字，還問唱得怎樣，我說輸兩個女生。這時，突然從人群中冒出一個好漂亮的女生，跳到我身後，抱著我說：「請你載我回家好嗎？」從來沒載過女生的我，像被電到一樣，加足馬力急駛而去，耳裡隱約聽到後面一片大叫聲。

那時我才知道「小鹿亂撞」是怎麼回事。她在我耳邊說天熱好渴，我就把摩托車轉向民族路去吃八寶冰，吃完再載她回家。她家在台南機場邊，她告訴我走小路、不要走大同路，小徑崎嶇不平，兩邊景色在月光下倒是變幻莫測，好一條浪漫的鄉間小路。

隔天一大早，我就在教室講台上口沫橫飛的向早到的同學講述前一晚的艷遇。同學到的愈來愈多，我重複的說了幾次，每次自己都笑得很開心，最後才發覺奇怪，怎麼沒有人笑？一位同學在我耳邊說：「王興隆，你曉不曉得你昨晚把誰給載走？」我說她叫×××，父親×××……，同學打斷我的話，很生氣的大聲說：「你把女主角給載走了！這場舞會是幫李辰建追她的。」我趕緊看李辰建一眼，只見他一副很委屈的苦瓜臉表情，我的心涼了一大截，臉都漲紅了。

一九八四年到美國李辰建家作客，小李子新婚，美麗的新娘子鄭蒂，一直興高采烈的聽我述說許多成大糗事，當她聽到這一段，一直追問我那倒楣的男主角是誰。小李子把我拉到一邊，叫我別說出來，因爲他不久前才跟老婆說她是讓他動凡心的第一人。欠他十二年的債，總算有還他的這一天。

擲標槍的啓示

擲標槍是非常容易造成運動傷害的激烈運動。短短的三十米助跑道，助跑到最後一秒鐘內要在高速狀態下，完成下列極其複雜的動作：調整跨步、轉體扭腰，挺身的剎那要保持重心平衡，同時設定拋射仰角，舉槍過肩，加速將力量灌注在一直線上，不偏不倚的奮力一擲，然後再於一公尺煞車距離急停在違規線前。只要一個不小心而有所閃失，不是上半身脖子扭到、背肌拉傷、肩膀脫臼、手肘肌腱發炎、食指、中指破皮，就是下半身小腿抽筋、脚踝挫折。

我從初二開始喜歡擲標槍，拿了不少獎牌，但也在練習中累積了許多運動傷害，以致於成大前三年，因負傷而一直無緣在全國大專運動會上爲成大爭光。

大四那年，我從黃建教練、許壽亭教練處學到避開運動傷害糾纏的新方法。因爲我發覺自己每次都很認眞練習，在全力以赴、用力過猛的情況下，才常引起舊傷復發，因此決定用觀想來取代試擲，在田徑場上靜坐，用觀想方式在腦海裡一遍又一遍完成試擲的全部過程。想得很流暢後，再在助跑道上，延續那種感覺，完成實際拋擲動作。

到了全國大專運動會比賽那天，心想在力量毫無保留的比賽中，我大概只有一次出槍機會。因爲舊傷隨時可能復發，所以當八十幾位各校標槍好手虎虎生風的跑來跑去試擲，我很安靜的坐在一旁，用心在腦海裡試擲，緊緊抓住那種感覺。正式比賽時，我信心十足的告訴教練，金牌是我的了！

果然，第一次出槍，我的脚就拉傷了，但標槍已飛到沒有人超越得了的地方。我很高興能爲成大奪得當年唯一的一面金牌！

這個歷經多次失敗考驗、最後奪得金牌的經驗給了我啓示：

「手頭可用資源再多的人，如果毫不珍惜的揮霍，總有彈罄援絕時；而手頭可用資源相當有限的人，如果能事先在紙上作業或沙盤推演，模擬各種狀況的對策，再難的挑戰仍會有很大的勝算。」

報告王排

我自成大一畢業，七月炎夏即到陸軍步兵學校報到，接受為期六個月的預官步兵排長訓練。大部分的日子出操打野外，從單兵作戰、伍攻擊、伍防禦、班攻擊、班防禦，到排攻擊、排防禦、連攻擊、連防禦，一個階段、一個階段磨上來，成績名列前茅，隊友們的考評是我幫輔導長寫的，我對每個隊友都美言有加。

各級長官，如總司令馬安瀾、副總司令郝柏村來視察，我都奉命與他們同桌共進午餐。夜晚熄燈後，我奉命為全隊一百五十名排長讀報十分鐘，偶爾插播花絮新聞，隔壁隊一百五十名排長也常跟著開懷大笑。蔣仲苓先生的公子與我同隊，郝柏村先生的公子（郝龍斌）則在隔壁隊，他們表現很好，並沒有受到特別寬待，和大家一樣被操、被磨。由於當時總統　蔣公剛過世，台海局勢吃緊，我們都已覺悟可能要上戰場，大家的感情特別好。

結訓抽籤，我很失望沒抽中特戰部隊，進一步接受傘訓、山訓、寒訓，而到台東預五師師部報到。我提早一天到台東，在英雄館住了一晚，不知是在楓港吃了烤伯勞串燒不新鮮之故，還是在台東吃了不新鮮的冰淇淋，整晚肚子拉個不停，翌日到師部報到就病倒了，每隔二十分鐘就跑廁所一趟，連拉三個禮拜，整個人變得奄奄一息。起先我對師部醫官很感激，他每次都一大包、一大包藥給我，份量多得不得了。後來一位老士官介紹我到市區一家中藥店買黃蓮素，吃了三粒就不再腹瀉。隔幾天醫官和我聊天，我問他哪裡畢業的，他說是屏東農專獸醫科畢業，我愣了一會兒才恍然大悟，原來我吃了三個禮拜牛藥，不然怎麼給我那麼大包的抗生素。抗生素吃太多，把胃腸的消化酵素都破壞光，以後變成喝牛奶必拉肚子。

我們這師負責訓練花蓮、台東的新兵及國民兵，每梯次一連一百五十位新兵，阿美族就占一百位，其他則有泰雅族、布農族和蘭嶼、綠島的原住民。體能稍差的預官排長當值星官，帶兵出操跑步都要提心吊膽，因爲有人一喊「跑步走」後，全連的兵會健步如飛的消失在山的那一邊，而被營長K一頓。

新兵中總有幾個在部落當頭目或酋長的，通常都是身壯如牛，飛毛腿一個。每梯次我都會把他們最尊敬的酋長請出來比兩種本事，一是賽跑，一是擲手榴彈。他們不知道我拿過全國大專運動會標槍金牌，百米跑十一秒，跑起來，我總只會領先一、兩步，並向酋長暗示我給他面子；手榴彈我則一擲就是六、七十公尺遠。對我十分服氣的酋長會幫我管他的族人，以後全連新兵在我當值星官時，全部服服貼貼，表現特別出色，我也從不罵兵、更不打兵。師長建議我志願留營，在軍中發展事業，可是我性喜無拘無束，不想接受太不盡情理的束縛，所以根本無意在任何政府機構裡發展。

那時，我常幫不識字的兵寫家書，曾經幫一位新兵寫過印象非常深刻的情書，它是那麼短、那麼率眞：「阿珠：你有來信，我有收到；你有愛我，我有知道。」

最近我才遇到連上很優秀的班長林顯能，他現在是羅莎飲料公司副總經理，表現十分出色。

山明水秀好歌處

到台東預五師師部報到一個月後，再到花蓮北埔營區報到，連長看到我，十分驚喜。他說副連長到師部出差時要看新排長是什麼長相，因爲我一直在拉肚子，不能出操，所以副連長沒看到我，而回花蓮向連長說，聽說這個王排長體弱多病，不能指望他能幫什麼忙，害他相當絕望。

花蓮眞是人間天堂，山明水秀好風光。假日我會坐車到天祥，再一路走到太魯閣，走一程要五個小時。在長春祠那裡，我會沿小徑攀高到半山腰，然後對著空曠的幽谷，高歌十幾曲藝術歌曲，嘹亮的歌聲迴盪在疊疊山巒間，吸引了峽谷裡衆多中外遊客的目光，只見他們往山頂到處搜尋歌聲從哪裡傳來。有一回唱完，忽然一陣熱烈的掌聲從山徑的轉角傳來，中間混雜著叫好聲，我趕忙不好意思的低頭走過去，和一群登頂的遊客擦身而過。走遠了二十幾公尺，他們之中有人說，前面沒有別人，唱歌的一定是剛才走過去的那個人。每個人都回過頭來看我，我只好紅著臉跟他們點頭揮手道別。

有時候，我也會到花蓮港海邊，站在巨石上對著驚濤裂岸的太平洋比嗓門，在那裡開懷高歌，不必擔心嚇到別人，眞是一段美好的日子。

與鬼爭床

花蓮北埔營區的任務是訓練新兵，在那裡我和剛從政戰官校畢業的輔導長蘇則彬同睡上、下鋪，他睡下鋪。有一夜，我剛睡著就被老蘇吵醒，便探頭問他有什麼事，他說：「王排，你看到我的被沒有？」我說：「有啊！我看到你的被。」他很著急的又說：「不是啦！你看到我的被飄起來沒？」我說：「你的被不是蓋得好好的嗎？怎麼會飄呢？」剛一闔眼，他又叫我，我猛然一探，看到他的被好像掉下去，他說：「這次你看到了吧！」我心想，一定是你這個正期生捉弄我這個預官，不想和他再鬼扯淡，被子就往頭上一蓋。他變得好過分，居然把我挖起來，吵著要跟我換床，我那晚只好睡下鋪。

一夜過去，第二晚，半夜輪我查哨，巡視整個營區。巡到戰技場，看見有人在那裡跟人吵架，往前仔細一看，我認出是老蘇，他很兇的對一個無形的東西抗議著：「我跟你無怨無仇，為何每晚都來嚇我，害我睡不著覺？」我想老蘇一定有精神衰弱症，趕忙把他拉回寢室。天亮後，我請教老士官長，才知道以前軍官寢室是大通鋪，老蘇的床位原是另一個老士官睡的地方，後來那個老士官出事死了，大概是蘇輔導長占了他的床位。後來我和老蘇在寢室燒冥紙、點香，用素果祭拜老士官，人鬼之間就相安無事了。

飛車黨

有一晚，我從花蓮市區坐公車回北埔營區，在北埔公車站下車。我從公車站往街道對面走，剛一走出車站，就聽到一陣刺耳的引擎聲，黑漆漆的路面，只見一群黑影就要撞上來，我不知哪來的力量，直覺的往上騰躍空滾，翻了一大圈，但左脚仍被高速擦撞到，整個人被摔到對街去。我忍痛站起來，咬緊牙根一跛一跛的往營區走，走了三百公尺，看到那群不開燈、存心撞死人的飛車黨躲在暗處說：「剛才撞到的可能是那個人。」另一個人則說：「不可能，那人被撞到，應該斷手斷脚才對，不會是他啦！」

好漢不吃眼前虧，我頭也不回的轉入營區。

後來有一天看報紙，知道花蓮機場附近（北埔營區就在花蓮機場大門口）有騎士飆車摔死，心想，人有壞心眼都會有報應的。

阿隆從軍樂

太平營區位於台東中央山脈山腰，滿山是水果，鳳梨、柑橘、柳丁、木瓜、西瓜、釋迦、龍眼、芒果，全年吃不完。那裡飛禽走獸也多，打野外時，常有野兎被驚擾，跑到空地，剎時整個戰鬥隊伍立刻變成打獵隊形，大家都圍著追趕，可憐的兎子四處亂竄，停不下來，最後腿軟乖乖就擒。布農族新兵手脚俐落的刀一畫，再拉扯一下，整張兎皮立刻分離出來，血肉一團還在蠕動的兎子，讓人看了眞不忍心。因爲連長是泰雅族人，我無法制止他們傳統的獵殺方式。營區圍牆上也高掛細網，每天都有飛鳥撲掛，包括麻雀、斑鳩、山娘、貓頭鷹等，敢吃的人眞有吃不完的野味。

當時部隊剛好換新裝備，所有的新兵都改用M十六自動步槍出操。有一次打完野外，晚上我檢查槍械彈藥室，發現槍架爬滿螞蟻。明明每個兵都擦過槍，怎麼會這樣？這時我聞到鳳梨的香味，才發現每把刺刀都沾滿螞蟻，原來白天整連兵殺鳳梨去了。他們不曉得砍了多少鳳梨，都削得鈍鈍的，我叫大家把刺刀拿去用清水洗乾淨，並告誡不可再犯。

在靶場發生兩件奇事，一次在白天，一次在晚上。白天那次我們正在做例行射擊訓練時，離靶場五百公尺遠的高壓線迸出火花而斷裂掉下來，我心想，該不會是兵打下來的吧？那麼遠、又那麼高！我拿了一把槍往那邊開了一槍，看子彈可否打到那裡，不料第二條高壓線迸出火花，又斷了。連長看到了便喊停火，我對連長說我們靶場設在這裡不對，會打到高壓線，他說不可能，於是輪他拿槍當著全連一百六十多位士官兵的面，朝高壓線射出一發子彈，結果把大家嚇呆了，第三條高壓線竟然又爆出火花掉下來。

部隊連忙撤回營區，我等電力公司搶修人員來，向他們道歉，說是打靶打斷的，我們願意賠償。他們知道靶場離那麼遠後，都笑說：「你們阿兵哥愛說笑！從那麼遠打中這麼細的高壓線，還打下三條，嘿係（是）沒有可能的代誌（事情）。」任我怎麼解釋，他們都不相信。不過我們還是另造一個新靶場，以免再生事端。

晚上那次，出操科目是夜間射擊，全連弟兄看到靶距只有三十公尺，個個都說太簡單了，還吵著說太瞧不起大家了。每人發六發子彈，連長、副連長、輔導長、三位排長、十二位班長、加上三個排一百五十個新兵，共一百六十八人，乒乒乓乓朝著靶瞄準射擊，總共射出一千零八顆子彈。射擊完畢，大家興奮的將靶扛回來清點，看總共命中幾發。原以為靶一定被打得稀爛，但十二把手電筒一照，大家鴉雀無聲，不敢相信自己所看到的：我們用力瞄準，打了一千零八顆子彈，只中三發。

我趁機告訴大家，由此可見夜間奇襲傷亡最輕，對攻擊者最有利，對防禦者則十分不利。晚上會被子彈打到的人，除了說倒楣透了之外，也可說實在是命中注定該死。

奇人奇事

在東部服役時，我遇到許多奇人，每梯新兵或國民兵，都有一、兩個通靈者會自動到我的排長室報到，他們都會問我認不認識他們，我覺得很奇怪，他們說以後我就會明白。這些人有的整晚打坐不睡覺，有的有超能力，可透視人體，和靈界往來。

令我印象最深刻的是一位花蓮人，武術高強，猴拳打得維妙維肖，就像《西遊記》的孫悟空一般出神入化。我問他拜哪個師父學的，他很不好意思的說：「說了你可能會笑我！」我催他快說，他才說出是孫悟空。我當場哈哈大笑，他卻向我保證沒騙我。

話說他十二歲時，半夜作夢，夢到孫悟空要收他作徒弟，他不肯，孫悟空就用金剛杵打他，他死也不肯，連續幾夜都一樣，醒來都發現身上有棒打的瘀青，一條一條的。他告訴父母，父母反而罵他不該晚上外出跟人打架，最後他在夢中哭著答應作孫悟空的徒弟。從那晚起，每天半夜孫悟空就會帶他從二樓窗口跳下，到荒郊野地教他打猴拳和各種武術、咒語、打手印等奇技。他只要一進任何廟，就會不自主的在神像前行大禮，打拳、念咒、作法、打手印，等清醒過來已是一個小時後的事了。他有時也會幫菩薩爲善男信女驅邪治病，但他的職業不是乩童，而是土木工程的包商。

洪水無情

我們部隊從花蓮北埔營區移防到台東太平營區後不久，就碰上大颱風來襲，營區圍牆北邊是一條乾涸的河道，河床竟比營區高，巨石滿坑滿谷。我們奉命帶兵冒雨搶救營區，把河床五十公斤上下的大石塊扛去墊高圍牆，八個連兵力在我們軍官的指揮下，迅速完成任務，洪水才沒淹過來。

連長在風雨中跟我們說，前一年這個時候，這個太平營區鬧大水災，那時山洪爆發，挾帶巨量的泥石，把上游的一座小發電廠給毀了，連帶把好幾個老兵蓋的住家全給埋掉，傷亡十分慘重。營區的圍牆被沖垮，上游的公墓也遭殃，許多棺木四處漂流，好幾具棺材漂到營區，其中一具不偏不倚漂進中山室，連長和輔導長合力把它推了出去，不久它又自動進來，來來去去好幾次，好不容易才把它送走。大水退去後，只見偌大的操練場，東一具棺木、西一具棺木，還有好幾張床被大水帶出寢室，景象十分悽慘。

我帶兵護牆有功，獲得四天榮譽假，高高興興搭公車回台南度假，不料半途在太麻里被大水擋住去路，滾滾山洪把路基沖到波濤洶湧的太平洋，本想摸石強渡，卻見對面幾個手牽手要強渡過來的人，在洪流中全被沖走，消失在海裡，我只好搭回頭車返營了！

多難興邦

打從懂事以來，每見西邊天空紅暈一片時，就知道颱風要來了。那時，每年總要躲幾個颱風，窩在家裡除了聽屋外風雨交響曲，還得聽漏水聲，臉盆、奶粉罐都被用來迎接被風掀破屋瓦而滴進屋內的雨水。颱風過境後，全家整理被風吹斷的樹木花草，而父親每次都得爬到屋頂上換破瓦。

一九七七年六月，我到台北就業，七月和八月一連碰到三個超級颱風，一個是從基隆港登陸，再沿著基隆河掃過台北市中心，然後從桃園出海，基隆港十幾個貨櫃吊車全部攔腰折斷，台北市路樹幾乎全倒。另一個最恐怖，從高雄港登陸，高雄市的房子玻璃窗幾乎全破，有的木造軍營被整排吹到大馬路上，所有高壓電線的水泥桿全部折斷，港口數十個貨櫃吊車沒有一個倖免，全部斷裂，災情十分慘重。第三個從台中港登陸，災情較輕微。

那年老天好像故意對台灣百姓做嚴厲的考驗，後來中美斷交，大家鬱卒的心情反而不那麼嚴重。台灣年年天災，時時帶給民衆憂患意識與危機感，多難興邦不是沒道理的。

追懷領袖

大三寒假，我和簡俱揚、陳娟娟……等成大同學參加合歡山戰鬥營，在那冰雪紛飛的北國風情營地，我這個當隊長的，帶著一百二十位各校精英，與來訪的陸軍總司令于豪章共度春節。于總司令雄姿英發，令人景仰尊敬。半年後，看到報紙報導惡劣的天候造成十七顆星星隕落，兩架強行起飛巡查部隊演習的直升機在北部山區墜毀，于總司令是唯一倖存者，但身受重傷，我的心裡十分難過，那麼卓越的將才，遭此橫逆，眞是國家不幸。看當年雪地簇擁歡笑的合照，不免無限感傷，希望于總司令仍能爲國效勞。

成大畢業典禮那天，正好是我的生日，我們身著畢業禮服，由校長倪超帶領，做一趟校園巡禮，大家很驚訝的看到　經國先生站在路口和我們打招呼。同學們一致說我和　經國先生見過幾次面，要我代表大家向　經國先生獻花，我只好拔下插在胸前的玫瑰花，上前向他致敬。當時，　經國先生尚在守孝中，那天他身著嶄新的黑色夾克，我竟然在他胸前找不到口袋，而玫瑰花又是用粗鐵絲纏繞的，我不安的問　經國先生：「可以別上去嗎？」他笑著點點頭。結果就這樣，我在他的新夾克上用鐵絲戳了兩個大洞。

事隔多年，我一直覺得那天不應該在他身上硬扎上那朵花，愧疚的心意長伴我心。

建議同學每人繳五元台幣（當時五元即大約可買到一本不錯的書籍），作爲買書的基金。運用這筆錢，總共買到了四十幾本書，而我則犧牲午休時間，爲同學負責圖書的管理工作，並盡可能的讓同學們都有機會看每本想看的書。等到大家都看過之後，我又建議將書籍贈送給圖書館，以嘉惠更多的同學。

又譬如，當時我們有一群體格不太適合卻很想打籃球的同學，常因球場被會打籃球的同學占用，而找不到場地打球。於是，我又開始動腦筋想如何爲同學們研究個方法。後來我建議大家組成一支克難的正式籃球隊，並請校隊同學當教練，因此我們不但可以容易的申請到場地，而且舉行比賽時也可以請學校提供獎品。從這些經驗裡，讓我體會到服務的精神可使我們達到「己立立人，己達達人」的儒家境界。

在大學時代，除了正常功課之外，我也看了許多課外讀物，幾乎所有名人傳記都看遍了，如邱吉爾的回憶錄、艾森豪的歐洲十字軍、隆美爾傳，以及蔣百里將軍的種種軍事書籍等等。看了這麼多偉人的傳記，每每讀到心領神會的時候，心中也逐漸產生自己特有的見解，無形中對自己個性的潛移默化至爲深遠。其中，以邱吉爾在其回憶錄裡所說的「一切都盡心盡力的去做」對我的影響尤深。一直到現在，只要事情是合理的、該做的，總是勇往直前的去做，而不致於畏首畏尾。我看到有些同學只用心於正常課業，較少接觸豐富有益的課外讀物，殊爲可惜。

除了吃飯，全心全力投注功課

談到進修階段，我覺得很多事情眞是坐而言不如起而行。回想當年我在海軍服役擔任訓練官、於艦隊司令部辦公時，無意間聽到辦公室兩位同事談及報考研究所的事情，他們談到要報考清大核子工程研究所、交大電子研究所或成大機械工程研究所，這段談話觸發了我報考的動機，當天晚上就毫不遲疑的拿出以前的功課，準備下功夫苦讀。當時，我已經結婚了，每天公餘時間，除了吃飯之外，沒有任何活動，全心全力投注在準備功課上，而且當時所必考的「機械設計」一科是我以前沒讀過的，準備上較爲困難。於是我向別人借來筆記，請內人幫忙抄謄整理，以便研修。辛勤的準備終於有了收穫，我考進了成大機械研究所。反觀當初提出建議的兩位同事，則因未適時採取行動而未有所得。可見「知」與「行」之間，若未能即知即行，其間之差距眞可謂失之毫釐，差之千里啊！

後來，就在我到成大上課的第一天，剛好與同時考上機械研究所的一位同學搭乘同一班車，我們在車上談到研究所畢業之後的出路問題，他表示可以出國繼續進修，這又啓發了我另一個繼續深造的念頭，於是我開始蒐集有關如何申請國外大學入學及獎學金的資料，並且每天早上八點到研究室研讀，以充實自己的學養，直到晚上十二點才休息，只有在週末才回家一趟，家務全偏勞內人體貼的照顧。後來，幸運的申請到美國奧克拉荷馬大學全額助教獎學金而得以出國進修。但是當我得到博士學位回國任教時，那位同學卻還在國內，未能完成出國進修的心願，正如古語所言：「知之而不行，雖敦必困。」亦可見「知行合一」的功效了。

盡全力做好事情

回國服務以後，我就一直從事教育工作，從成大工程科學系主任到高雄工專校長，又經歷教育部技職司司長及常務次長，直到現在擔任成功大學校長，在經歷的每一個崗位上，無時無刻不想著如何盡全力來做好事情；雖然明知道所有的事情並不見得都能夠達到理想、完美的境界，但總必須盡力去做。

人的一生總難免要接受打擊，並在困境中尋求突破。我常告訴我的小孩，人生最重要的就是要有「永不屈服」的精神，就如麥克阿瑟將軍所言「老兵不死」的精神。在人生的體驗上，我深深覺得一個人持有內在強勁的精神，工作才會做得更圓滿，生活也會更加充實。秉持這種信念與精神，今天我在成大擔任校長的職務，即使明天將任滿離開，在離開職位前的最後一秒，仍然會一本執著的個性，幹勁十足的完成我的工作使命。

雖然在我任職的每一個階段，都盡心盡力的完成了許多事情，但似乎是一種內在自我的期許，從未允許自己有志得意滿的心態，總是勉勵自己不斷的突破自我，不斷的求新、求進步。我常常覺得，年紀大了如果能常保精益求精、日新又新的青春活力，則其內在的動力加上豐富的人生體驗，必定能夠讓生命更為發揚，而不致於老化保守。同時，在這變動的轉型社會裡，唯有不斷的求取新知，融合各種不同的觀念，重新邁開自己的脚步，方足以配合新環境，接受新時代的考驗。

以上大略的提到我生命中幾個重要的轉捩點，以及在不同階段領略到不同的人生體驗與領悟到些許生命的意義。我總以為，「天行健，君子以自強不息」是一種對生命的熱愛與執著，並時時以此自勉。如果大家都能奮發有為，並做到董仲舒先生「正其誼不謀其利，明其道不計其功」的境界，我們的社會、我們的國家將會更安和、更樂利，人民就會有更幸福的生活了。

（本文原載於民國七十七年六月二十一日《中央日報》「我們走過的路」系列專欄首篇）

〔本文作者簡介〕

夏漢民

學歷：

美國奧克拉荷馬州立大學機械工程博士

韓國全南大學名譽工學博士

經歷：

民國五十六年～六　十年　成功大學工程科學系系主任

民國六十一年～六十六年　台灣省立高雄工業專科學校校長

民國六十六年～六十八年　教育部技術及職業教育司司長

民國六十八年～六十九年　教育部常務次長

民國六十九年～七十七年　成功大學校長

民國七十七年～八十二年　行政院國家科學委員會主任委員

民國八十二年～八十五年　行政院政務委員（兼任行政院科技顧問組、資訊發展推動小組、南港經貿園區策畫推行小組等單位召集人）

不斷奉獻的人生

認識興隆兄，是在參與成大校友會籌辦階段。第一任校友會成立後的會務工作上，興隆兄本著一向熱心的個性相助，共同爲新成立的校友會服務，使得會務得以順利進展。

七十六年，夏政委（漢民）提議由同學們共籌校友會服務校友，回饋母校。建煊（當時擔任經濟部次長）、再來、佩芬、景益、一義、興隆等學長熱烈響應，立即投入設立登記事宜。只有工作，沒有報酬，卻感到無比快樂，赤子之心表露無遺，如同回復到年輕學子時代，令人感動。漢民、建煊等學長身兼公務，遂由我擔負起第一任會務工作，在大家共同策畫下，建立一可長久的制度規範，會長任期二年，不得連任，讓更多學長能爲校友會服務，各項活動亦融合第一屆學長到剛畢業的年輕校友，使傳續工作能夠順利進行。當時每月總有幾次吃便當的工作會議，興隆兄經常展露彌勒笑容，其寬宏心胸感染大家愉快、熱心的共事，奠定校友會基礎，轉交各任會長，愈做愈好。

七十八年假借工技學院舉行大型年會，大夥兒走出辦公室，集聚操場參加慢速壘球賽，一個個校友大腹便便卻身手矯健的情景，彷彿年輕再現，雖然天雨綿綿，全身泥濘，歡樂卻洋溢於操場中。

離校三十年，在校友會的工作上，再次感受到無牽無掛、如重回學校生活般的輕鬆心情，內心回歸平淡。步入中年後能不斷奉獻，何嘗不是對人生本質的體現。

〔本文作者簡介〕

何壽川

學歷：

成功大學機械系畢業

美國威斯康辛大學機械碩士

經歷：

台北市國立成功大學校友會創會會長

台北企銀董事長

現任永豐餘股份有限公司總經理

感恩的心創未來

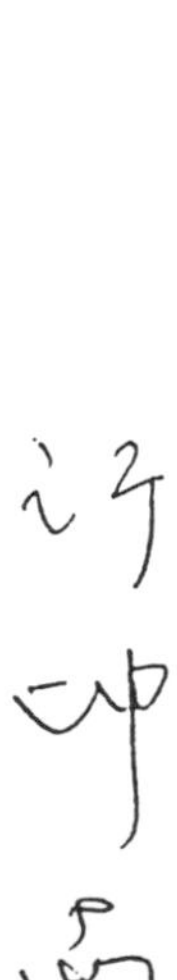

興隆學弟寫的《淘氣阿隆》，讓我產生共鳴而想起兩件難忘的往事，寫出來回饋《淘氣阿隆》。

自考取建築師資格迄今，我始終無法忘懷那位伸出援手挽救一位即將溺斃小孩的「無名」恩人，也由於這比較不尋常的經歷，使我在珍惜生命之餘，時常提醒自己須更加努力，開創個人的事業生涯，並願以一己微薄力量服務人群，共創美好的未來。

猶記小學六年級，時值第二次世界大戰尾聲，當時台灣各大城鎮幾乎每日都有空襲警報，一般人除了上學、工作外，還得隨時留意空襲來臨，並機警躲入「防空洞」避難。由於舉家自龍江街移居至新店，每日早晨天未亮，便得經過漆黑的新店吊橋去趕搭第一班小火車，至水源路下車，再徒步約一個半小時，前往原就讀學區的小學上課。若遇空襲，就得隨時留意避難的場所，實是既危險又有趣的求學過程，其中的甘苦就是「如人飲水，冷暖自知」了。

某日，在略寒、下雨的初冬裡，照慣例從水源路下車，往學校的途中，由於雨勢持續下了很久，路面上的土和水已經淹蓋了路旁的大水溝。當時的大排水溝寬約四十公分，深約八十～九十公分，由於視線不佳，心裡又頗著急無法準時到校，我一不小心滑落路旁的水溝中，溝水迅速淹蓋，且水流十分湍急，當時心中既恐懼又驚慌至極，尤其又接連喝了數口溝水，實在無法以生澀的游泳技術逃離此難，而就在危急之際，有位大人自背後抓住我的衣領，將我揪了上來。在尚未脫離驚慌的感覺時，只能傻傻的夾在關懷的路人中目送此人離去，那略高的背影，迄今仍深映腦海中，感恩的話語哽咽喉中，無法言喻。

另一件難忘的往事是：

初中就讀台北成功中學，時值天不怕、地不怕、最淘氣之年，在炎熱夏天，下課後約了幾位頑皮的夥伴，到中興橋下（當時稱爲第三水門）小碼頭，每個人承租一條小船後，就靠到對岸的岸邊開始卸貨——就是把書包、鞋子、衣服卸下，每人只穿著一條內褲開始比賽。所謂比賽，就是看誰有辦法把對方的船撞翻，這就要靠熟練的划船技術及敏捷的動作，瞄準對方船腹猛衝，準會把對方撞翻。

由於在水中無法把船弄起來，所以只有下水把船推到岸邊扶正，甚至也可以穿到船中喘氣休息（翻過來的船頂一定會有一層空氣層），故意裝成出事。皮雖皮，同學們一段時間看不到夥伴的影子，一定會游過來觀察究竟。玩過了，趁太陽未下山，將內褲擺曬於石堆上，大概不到十分鐘就可曬乾，然後裝著若無其事的樣子回家。因爲每個人都很清楚，這種危險遊戲萬一被母親知悉，除了一定會被痛罵外，以後說不定就無戲可唱了。後來船頭家知道我們這群淘氣學生玩這麼危險的遊戲後，再也不租船給我們，不得已才收山。

本人從事建築本業以來，在同業先進的抬愛指導、各級長官的提攜下，有機會參與公會、協會各項法規之修訂研討，及學會中各類活動的推展，至感榮幸，並願以「無私、無我、無求、無憾」的精神與各位同業攜手邁向二十一世紀，以美學規畫出更適合居住的環境空間，期勉之。

〔本文作者簡介〕

許坤南

學歷：

成功大學建築系畢業

經歷：

民國六十九年～七十三年　台灣省建築師公會理事長

民國七十三年～七十八年　中華民國建築師公會聯合會理事長

民國七十六年迄今　中華民國建築師學會秘書長

民國八十四年～八十六年　成功大學校友會會長
民國八十五年　榮獲第一屆全國傑出建築師貢獻獎
現任許坤南建築師事務所主持人

惜緣與惜福

白省三

小時候住台南市水仙宮附近，母親在那兒擺攤賣布，支撐一家生計，家境雖清苦，但童年仍過得很快樂。廟前廣場玩玻璃彈珠、鬥塑膠人像牌、打尪仔標、放風箏……等，可玩的遊戲眞多。

我念立人國小，由於知道母親的辛苦，所以很認份的把書讀好。那時我還念升學班，每當我領到全校第一名的成績單和標旗時，都會在母親面前恭敬的雙手面呈，表示省三沒辜負母親的辛勞。有一次成績退到全校十名外，我羞愧得不敢讓母親知道，偷了父親的印章，把章蓋了就拿回學校交給老師，那種羞愧感一直耿耿於懷。直到初中考上台南一中後，才如釋重擔。

《淘氣阿隆》我看了，興隆兄的赤子之心，讓我深爲感動，特地寫出兩件從未說過的往事，連我最親愛的太太也沒聽我講過，小時候我可說是「淘氣的阿三哥」。

話說小學三年級，我在水仙宮後面的空地和許多小孩玩放風箏，我沒錢買長線，別人的風箏可以飛得好高，而我的風箏把線放盡，也只能在低空飛。別人都笑我，紛紛用風箏來逗我的低空風箏，一氣之下我就把風箏收回，回家把玻璃瓶打碎、磨成粉，再用膠水將玻璃粉沾到風箏線上，就這樣，一條粗粗的線被風箏帶上天空。那些小孩又用風箏來逗我的風箏，可是他們的風箏線一靠近我的風箏線，沒兩下就斷線，就這樣一一斷線，最後天空只剩我的風箏，帶著一條粗線飛在空中。後來他們知道我發明的秘密武器，都跟著如法炮製，以後空地上就出現一條比一條粗的風箏線豎在半空中，蔚爲奇觀。

我高一認識一位女朋友，雙方交往到大二才分手。我高一時，她也同時考上台南女中，我們是同一個教會的教友，兩人就像青梅竹馬般，很認眞的交往。後來，有個成大四年級的學生對我女朋友展開追求，我和她決定開他玩笑，虛擬一個不存在的女生對他表示愛慕和追求之意，由我寫信，女友看過後，再由我以另一個友人的地址寄給這個成大學生；沒想到他竟然有很好的反應，就這樣一來一往通信了一年多。他屢次要見我，都被我擋掉，直到他畢業服兵役，表示休假時非見我不可，我和女友兩人覺得事態嚴重，不能再惡作劇下去，於是決定由我出面見他。

那時候眞怕挨揍，所以見面地點挑在台南市棒球場，心想萬一被打，比較容易跑掉。我永遠忘不了當他看到我，聽到我說對不起和事情眞相時，那種五味雜陳的表情，但還好情況沒我原先擔心的那麼糟。後來福州同鄉會推薦女友去選中國小姐，我當然勸阻她，但幾年後還是分手，我相信姻緣仍須天成。

年輕朋友都會經過感情的歷練，大家惜緣、惜福、不強求、不自暴自棄，成與不成都能互相祝福，人生還有更有意義的事情等待我們去努力。

〔本文作者簡介〕

白省三

學歷：

成功大學建築研究所建築碩士

經歷：

台北市建築師公會理事長

中華民國建築師公會全國聯合會常務理事

中華民國建築學會常務理事

財團法人中華民國消費者文教基金會董事長

消費者報導雜誌社發行人、社長

國際青年商會台北青商會會長

台北士林扶輪社社長

台北市成功大學校友會會長

現任三門建築師事務所主持建築師、消基會榮譽董事長

淘氣阿芬

鄭佩芬

民國七十四年，我獲得國家文藝獎的消息傳到家裡，家人都笑得東倒西歪，母親更是重提舊事道：「佩芬當年連回男朋友的信都不會寫，每次都要我幫她起草，居然還拿到這麼大的獎，可見我寫文章的功力更好！」

話說當年念成大中文系一年級，上作文課時，我遵照起承轉合規定，用毛筆寫好文章。教授發回作文時，同學都有分數，只有我沒分數，只看到教授在我的作文本上寫了一行字：字體娟秀可觀。我去問教授為什麼沒給我分數，教授再次強調我的毛筆字寫得很漂亮，連系上老師的字也比不上我。我滿臉困惑的問他：「我是在作文，不是在寫書法。」後來請教其他老師，他們才告訴我，「字體娟秀可觀」其實是隱含「文章寫得並不怎麼樣」的意思，害我從此對作文喪失信心，連帶也沒信心寫信給男朋友，只好向母親求援，由她教我回信。

這是往事，幸好我赴美深造時，看了魯迅的《南腔北調集》，才恍然大悟。喔！原來文章並不一定非照起承轉合的規矩寫，只要能把意思寫清楚，什麼形式都可以。從那一天起我才開了竅，下筆如有神助，以後才有這份榮幸得到國家文藝獎。

我上有大哥，下有三個弟弟，從小就跟兄弟們騎著脚踏車逛遍台北縣市大街小巷，曬得古銅色的臉只有兩眼是白色的。

念初一時，父親買下隔壁的房子。大哥買了一把空氣槍教我射擊，我一懂得要領後，就要找靶來練槍法。現在想起來當年眞是皮，居然就近跑到那棟房子逐間瞄準懸掛的燈頭，就這樣把全部的燈頭都打碎掉。

高中時，我家搬到木柵，念書也在木柵。有一回，我帶一票同學蹺課去指南宮後山爬山，大夥兒登頂後，被參天古樹困住，不知東西南北，只見一棵筆直伸入雲端的巨木就在眼前，有人提議爬到樹頂，一定能看出下山的方向。話一說出，男生個個閃到一邊去，我二話不說，當下脫掉鞋子，打著光脚，像猴子般溜上樹頂，使那些寶貝男生看得目瞪口呆。

念成大時，很多人都說我像男生，我不以爲然的問了好幾個男生：「我眞的那麼像男生嗎？」他們異口同聲說：「佩芬，妳長得很像女生！」

我這個「淘氣阿芬」不輸「淘氣阿隆」吧！

〔本文作者簡介〕

鄭佩芬

學歷：

成功大學中文系畢業

美國聖若望大學文學碩士

經歷：

太平洋文化基金會副執行長

中華民國基督教女青年會秘書長

《中央日報》主筆

現任《中央日報》副總經理

小小科學家

茲提供敝人往事一則，供興隆學弟出版《淘氣阿隆》之參考，並祝發行成功。

回憶小時候，正值戰時，物資普遍缺乏，中、小學裡也少有物理實驗。我從小就立志要當工程師（最好能得到諾貝爾獎），一天在家無事，東翻西翻，找到大哥《自然科學入門》藏書，書中敘述了製作煙火之法。在好奇心與冒險心驅使下，我和三哥（大我兩歲）躲進二樓角落裡埋頭鍊金（當時眞的把自己想成十八世紀的鍊金師）。

我們照著書上的說明，把硝石、炭粉、硫磺、綠銅粉等原料，從二姐的「兒童化學實驗用品箱」中找出來（這箱是二姐的男同學爲了討好二姐所贈的），並擅自把大哥研究化妝品用的水晶缽拿出來，抱著隨時可能爆炸的冒險心（大概像造原子彈的心情吧！），磨呀磨的，由慢而快，希望缽內粉末能更細。不久，缽裡冒出綠煙，三哥一看不對勁，眼明手快的把缽從桌上移到地上，「鏘！」一聲，漂亮的水晶缽已從中炸成兩片了。當時沒有現在的強力膠，拚命用力壓合也沒用，只好將兩片拼好，放回原處。

隔天又興起，不甘就此罷休，就拿出媽媽三歲時玩過的石臼，直徑約九公分。這次怕了，也學聰明了，藥方配好，先慢慢磨碎，再以湯匙攪混，倒在習字紙上排成一線，並巧妙的捻成紙線，看起來就有煙火的模樣了。

等到晚上，兩人不敢在家裡試放，就蹲在二樓陽台上，非常謹慎的點了火，突然劈哩叭啦，迸出五彩火花來。我們兩人心裡也綻開了興奮的火花，趕忙開夜工，做了好幾支紙煙火。我們發現，好像每放一點不同的成份，就會產生不同顏色的火花，接連幾夜都放給圍在門前的鄰近小朋友看。連寡言的父親這次也難得的開口問：「火山，是你做的嗎？」嘿！爸爸好像很驚喜哦！我當然也很得意囉。不過，阿彌陀佛！希望大哥千萬不要去開那座塵封多年的老藥櫥，以免看到他心愛的水晶缽已經由一個變成兩個了。

〔本文作者簡介〕

張火山

學歷：

成功大學電機系畢業

經歷：

東元電機公司工程師、課長、廠長、總經理，創設多座東元關係企業新廠

現任東訊股份有限公司董事長

我喜歡作我自己

人都在意自己的容貌，無論是十八歲少女，或八十歲的老太太，無不希望自己貌美，而且最好一天比一天更漂亮，但天下真正屬於美人胚子的並不多。

我的哥哥和弟弟長得像母親，都比我好看些，唯獨我長得和父親一模一樣，實在有些不敢恭維，所以就常在父親面前背誦三字經：「養女不美父之過」。父親說：「年輕就是美。」那時候我正年輕，可怎麼也想不通這句話的道理。時至今日，終於明白了。與其抱怨自己太醜，何不及時把握，好好享受當其時的容貌，千萬別等年華老去的那天空怨歎。再者，人比人會氣死人的，何必一定要和美女相比，而硬把自己氣死呢？如果非比不可的話，就和昨天的自己相比吧！今天的我是否已比昨天的我更整潔而具有朝氣？更快樂而滿面光彩？更富智慧而雍容不迫？如果答案是肯定的，那麼今天的我已比昨天的我更容光煥發，更漂亮了。

父親又告訴我，人的美醜並不全取決於眼睛、鼻子、嘴的長相，有一大部分得自學養、見聞、氣質、風度的展現。而且前者是天生的，即使整容或使用化妝品，能改善的範圍和程度都是有限的。後者的可塑性大，可塑造的程度是無窮的，且是憑個人的努力就能加以改善的。再者，外貌的美麗將隨年華的逝去而衰滅，因內在的修養所展現的雍容氣質反將隨年齡俱增，而更成熟、更吸引人。

美國林肯總統曾有句名言：「人過四十歲以後，要爲自己的相貌負責。」這句話的意思和我們中國人說「相隨心轉」是一樣的道理，因爲人心裡想的事常常就寫在自己臉上。心裡充滿的是愛、是善良，臉上表現的就是喜樂、是溫柔；心裡存的是恨、是貪婪，臉上的惡毒、攫取、權謀，想藏都藏不起來。以上這兩張臉，哪一張會更漂亮些？

愛美嗎？該做的不是割雙眼皮、隆鼻、除皺紋，更不是自怨自艾，而是努力讀書、增廣見聞、善待朋友、樂於助人，如此則遇事必從容不迫、笑容滿面，別人從你那兒感受到的必是喜樂、眞誠、溫柔、善良，就是再醜的尊容都必美麗多了。也難怪前幾年在選美大會上大家常說：「心中有愛就是美。」誠非虛言。

國父曾說：「人生不如意事十常八九。」感謝上帝，在我的日常生活中，祂還給我一些些如意事，雖只占十分之一、二，或更少些。感謝上帝賜我一位有智慧的父親，他教導我在十常八九的不如意事中，理出一個頭緒，領我走上學習的人生，使諸多不如意事變得如意多了，前述的美醜就是其中一例。

然而父親的教導不難領會，生活中的力行可眞不簡單，持之以恆的努力就的確難了。所幸的是，我有上帝作靠山，祂告訴我：我雖軟弱，祂是剛強的，在祂無所不能，而且凡是祂加在我身上的責任、考驗，都是我能承擔得起的，因爲祂是我腳前的燈、路上的光，祂領我走義路，是我隨時的幫助與安慰。既有這樣的靠山，還怕什麼呢？但是我也深知，上帝不照顧懶人，祂在暗中隨時巡行，按各人所行的報答各人，因之，我哪敢偷懶，事事盡心竭力，至於其得失成敗，該賞當罰，就交在上帝的手中吧！

回到前面談的美與醜，本是我心中的痛，但經過父親的教導、上帝這座靠山的扶持，以及這許多年來自己一些些的努力，大致上已能釋懷。有時上電視受訪，在面對鏡頭時，主持人常叫我先去上妝，我則笑著說：「謝謝，不用了！如果妝上得太美麗，那就不是我了。」再說，以今天的科技，整容、化妝品等，就算可以把我修改成圖畫中的美人兒，等外子累了一天回到家裡，看見個大美人兒在客廳中坐著，他必訝異的問：「小姐，請問尊姓大名，您怎麼坐在我家呢？」您想，我心裡是什麼味道。罷了，還是讓我作自己吧！

〔本文作者簡介〕

蘇法昭

學歷：

成功大學中文系第一名畢業

經歷：

台北商專教師

王建煊服務處總幹事

現任成功大學校友會理事

童年記事

我們家一共有五個孩子，由於父親是職業軍人，經常不在家，因此家裡的一切大小事都是母親在照料，而身爲大姊的我，自然也需要負起照顧弟妹的責任。

有一次帶著妹妹、弟弟跟著鄰居去偷採橄欖，橄欖樹很高，一定要用竹竿才能把果實打下來，經過我們使勁的揮打曬衣桿，橄欖雖然掉下來了，卻是落在樹下的小型垃圾場裡。妹妹爬進垃圾堆撿橄欖時，不小心掉進垃圾堆裡，在管理員救起她時，已經灼傷了。哭喪著臉回到家，我被媽媽以疏於職守的理由狠狠的罵了一頓，心中默默下了一個決定：以後再也不帶這些小鬼去進行冒險刺激的遊戲了。

民國三十八年跟著政府撤退來台時，我還是個襁褓中的娃娃；父親是位軍人，跟隨著部隊，從北到南我們住過台灣不少地方。那時候物質生活條件差，記得有一回，因原本用竹子和泥巴搭起的臨時住所被颱風吹垮了，勉強住進一間在國小操場用錫紙搭建的臨時房屋。那時剛學到凸透鏡集光的原理，基於好奇，便拿了一個玻璃罐對著陽光進行集光實驗，沒想到實驗大成功，火苗一發不可收拾，差一點把房子給燒了。「阿鳳」當然免不了被訓誡一頓。

母親經常提起我小時候的一則聰明事：大約二、三歲時，有一回跟著鄰居大孩子到住家附近的小花園玩，那個孩子的拖鞋不小心掉進一個小洞裡拿不出來，情急之下竟大哭起來，而當大人們聞聲趕到時，除了看到一個驚慌的小孩，還看到我正努力的用地上撿的長樹枝，要挑起洞裡的拖鞋。由此可知，「阿鳳」從小就有「好管閒事」的美德。

雖然小女子阿鳳沒有「淘氣阿隆」般囂張，但看倌們從以上我的敘述中可得知，咱的「服務熱忱」可是從小就樹立良好形象的。

〔本文作者簡介〕

朱鳳芝

學歷：

成功大學外文系畢業

美國諾斯諾普大學管理科學碩士

經歷：

曾任桃園縣第十及十一屆縣議員、第一屆立法委員

現任第二屆立法委員

奮鬥的人生

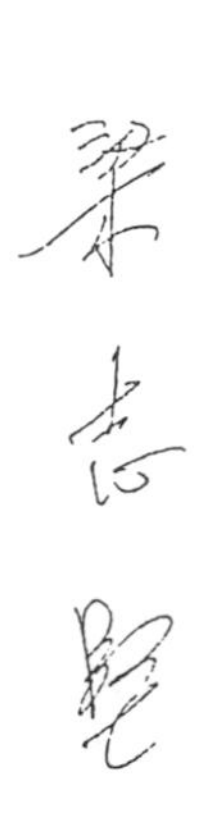

我是農家子弟，靠著幾分田地過活，安貧樂道，倒也逍遙自在，只是教育經費必須自力更生。小學畢業後即幫忙耕耘，日出而作，日入而學，從經史子集到中外文藝，博覽強記，囫圇吞棗，心儀寫作，退稿居多，一字一句皆血汗，三封三退實在心酸，強斲幼靈，幾番退鼓，幸逢龔師（曾任長中教務主任）細心調教，詳指迷津，起承轉合，信雅圓融，文之所欲，常在我心，稍有起色，微見笑容。

一晃三年，家寒如故，作習依舊，心未全平。昔日同窗友，擠向中學之門，來函敍舊，歲月黃金，天南地北，感情激情，自慚形穢，備感傷心，尤怕親友問及升學事，眞是欲語還休，未語淚先流。幸好，書中自有黃金屋，書中自有顏如玉，好鳥枝頭亦朋友，落花水面皆文章，學思並重，研問兼行，一心一意，再學黌宮，親友集資，插班初中，焚膏繼晷，二年學成。旋即投考公費高級工業職校，三分落敗，閉關自修，痛定思痛，發揮長處，補強弱點，翌年再考，果然皇天不負苦心人，得入電機技術科就讀。愛牛頓樹下靜觀大自然之變化，喜愛迪生發明電器百折不撓之精神，研林茨電場磁場之互感，習赫茲電子電波之交流，理論實驗合一，德智體群兼修，提早半年畢業，倖獲班中魁首。

承蒙學校推介，台電公司青睞，邀約至其單位服務，擔任日月潭水力電廠値班工作，開始日夜顚倒，生活不調，尤其該廠特殊傳統文化，職位有序，食宿有別，生活福利不一，工作考核不平，學位縱有高低，品技何相上下，赤子之心，頓蒙陰影，復學之念，油然而生。

於是三顧茅廬，拜陳豫先生爲師，上班工作，下班惡補，如沐春日風，三年如一日。適逢台電公費升學辦法公布，得考入成大電機系就讀，舉電廠實務爲經，修電機原理爲緯，三人小組切磋，運動團隊練體，四育平均發展，一帆風順畢業。旋返日月潭電廠擔任値班主任，公餘弦不斷，補習英文、德文，續研電機技術，自修工業工程，簞食瓢飲，自得其樂。

越三年，考取台電公費留英考試，研習一年六月，主修水、火力及核能發電。在英南，滿天迷霧；在蘇北，地凍天寒，地理環境雖苦，研習之心如恆。該期間推介核能發電技術，引進發輸變電系統自動化方式，以及發電廠之運轉維護計畫等，對未來工作甚有助益。

五年後調台北服務，得有機會至台大夜間部補習，一、三、五晚上修德文，二、四、六晚上選工業工程，爲期二年，風雨無阻。適逢德國公費留學考試，僥倖錄取，出國年半，主修作業研究、工時管理、成本分析及經濟效益等課程，奠定今日審核工程規畫之基礎。

越四年，台電準備興建核能電廠，被派至美國學習核能發電工程，為期一年六月。返國後，參與電力系統調度工作，對各種電廠負載做最安全、最經濟之分配，以提高品質及降低成本。

五年前政府頒布新能源政策，積極推廣汽電共生系統，以提供自用可靠電源，增高能源使用效率，減少環境污染及降低生產成本，因此銜命籌組台灣汽電共生公司及中華民國汽電共生協會，前者由十一個公、民營企業集資十億元，耗時二年組成，現已完成一個汽電共生電廠，另二個正在設計興建中，成績甚佳；後者現有團體會員七十多個，個人會員超過七百人，發展非常迅速，共同為推展汽電共生而努力。現在台灣汽電共生裝置容量已超過二百萬瓦千瓦，約占台電系統百分之十，對紓解台電供電不足的壓力，甚有貢獻。

總之，人生在世，必須適應環境、努力向前，只顧耕耘，不問收穫，一步一脚印，樂觀、奮鬥、進取，向光明之路邁進，最後一定能達到成功的目的。

〔本文作者簡介〕

梁志堅

學歷：

成功大學電機系畢業

西德REFA工業工程碩士

經歷：

台灣電力公司電力調度處處長

台灣電力公司總工程師室總工程師

台灣汽電共生公司董事長

台灣技術學院電機系副教授

中華民國汽電共生協會理事長

現任大園汽電共生股份有限公司董事長

沒有把手的腳踏車

民國四十六年，我才十四歲。我家隔壁有一位洪先生在四十九歲之壯年突然病逝，他的家人希望能夠知道他在陰間是否平安，於是請來三個人進行觀落陰。

當我知道有這回事時，馬上趕去湊熱鬧。那是在他們家祀奉神主牌位的廳堂，對著神桌放兩個凳子，願意前往陰間探望洪先生的親友輪流接受施法。那三位施法的師父都穿著黑色的衣服，不苟言笑，一副專家的姿態，我們都覺得對他們很有信心。

接受施法的一次有兩個人，個別坐在凳子上。師父各用一條裡面裹著符的黑色手帕綁在被施術者的眼睛上，然後用一支木尺在凳子上敲，一面唸著咒語，一面觀察被施術者的狀況，如果超過十分鐘沒有動靜，師父就說：「這個人的八字太重，換一個來。」換到第三個是洪先生的姪媳婦。

才開始唸咒不到兩分鐘，她就開始搖頭晃腦，兩手在自己的大腿上輪流拍擊，象徵在走路的樣子。師父問她：「妳現在在哪裡？」她的回答顯得幼稚單純，與她的年齡頗有差距。她說：「有一條路，暗暗的看不太清楚。」師父叫她順著路向前走，她很聽話的向前走。過了不久，她說：「前面有一座橋很長，橋下黑黑的，很可怕。」師父就安慰她，要她不要怕，繼續走。她看起來眞的是很聽話，但是既柔弱又膽小，與她平日的個性完全不同。

師父在施術的過程中似乎對她有很大的影響力，但是每一個動作都是誘導、商量，有時拐騙，就是不會命令她。而她也在師父的鼓勵之下，勉強鼓起勇氣走了不少路，但是這時實在是又累又怕，再也走不動了，師父想盡了辦法，最後說：「那麼我讓您騎脚踏車好了。」她很高興的答應了。師父就回過頭來，叫洪太太用畫符的冥紙和毛筆畫一輛脚踏車；洪太太說她不會畫，無助的看著周圍的人。當時我年輕好事，就自告奮勇幫她畫脚踏車。我的繪畫能力也很差，只能說意思到就好了，而師父也表明畫得好不好無所謂，只要畫的時候自認爲是在畫脚踏車就可以了。

我一方面急著看他們在做什麼，一方面又因不太會畫，就很潦草的畫了一輛脚踏車，而要把圖交出去的時候，自己看了實在不好意思，就把它對摺，讓別人不致於一下子就看到我畫得亂七八糟，但一不小心卻把它撕破了。我正要把撕破的圖交給師父時，他卻叫我把圖放在燒冥紙的爐中，同時開始唸一些把脚踏車送去「現場」的咒語；過了兩分鐘，就說：「現在脚踏車已經送給妳了，妳可以繼續走了。」她說：「沒看到脚踏車啊！」師父很有信心的叫她左右看看，一定有。她的頭向左右望了一會兒，果然很高興的說：「有了！」並且做出要去拿脚踏車的姿勢。一會兒，她卻說：「不行啊！這輛脚踏車沒有把手怎麼騎啊?!」師父回過頭問我：「你爲什麼不畫把手呢？」我回答說：「有畫，只是剛才不小心撕破了。」師父說：「你趕快重畫一張。」我重畫一張之後，經過相同的步驟，師父順利的把脚踏車送給她，而且她也高興的表示可以騎著上路。

這個故事還很長，只是年代久遠，記憶已經漸漸模糊了，而畫脚踏車曾經撕破把手的這一段只有我知道，那個被施術者綁著眼睛，不可能看到，師父一直全神貫注看著她，更不會注意到。他們居然會知道我畫的脚踏車沒有把手，此事讓我印象深刻。

〔本文作者簡介〕

簡道夫

學歷：

成功大學機械系畢業

經歷：

現任大衆電腦股份有限公司副總經理

摸蛤仔的小阿輝

五十多年前，沿淡水河台北市環河南北路堤防內，尚是一片晶瑩明澈的美麗水域，魚蝦蚌蛤隨處可見。

記得當時的我六歲，還沒上小學，在一個風和日麗的夏天，跟隨著年長童伴從現在的康定路與長沙街附近住家，帶了一個皮製小鼓，光著小脚（那時除非正式場合，否則一般家庭的小孩幾乎都不穿鞋的，因爲小孩穿鞋是有錢人家的專利品），一路沿著貴陽街底的第一水門（沿堤到台北大橋共有十幾個水門，平時開著供人進出，颱風洪水季節則關閉，以防河水倒灌），玩到鄭州路底第五水門，那兒既有河蚌又有河蛤，只要用手往河沙裡掏摸就可撈到；如果不撈蚌蛤，也可玩水。

一直玩到日落西山要回家時，一大堆撈到的蚌蛤沒有容器可裝，不像現在塑膠袋隨手可得，棄之又可惜，最後終於想到把隨身帶的小皮鼓浸泡在水裡後，再用樹枝戳破一個大洞，把蚌蛤裝得滿出來，懷著勝利豐收的愉快心情，小心翼翼用雙手捧著回家，準備向雙親獻寶，期待著大人們的褒獎，卻萬萬沒料到換來的是母親的一頓痛打（此乃傳統的家教方式）。

原來一早出門跟著大夥兒玩過頭，事前既沒報告去處，又沒回家吃中飯，害得上自祖母下至鄰居，都忙著找陳家單傳的寶貝小阿輝；再加上那個小皮鼓是母親向舅媽費盡口舌商借兩天供我玩的（時值二次大戰末期，一切物資均極匱乏，生活用品都是採配給制度，有錢還不一定買得到，因此有個小皮鼓還眞稀罕呢），竟被我弄壞了。

經過這麼一次慘痛的教訓，從此再也不敢隨便亂跑，出門前必先報去處，也不敢隨便毀損用品，更養成日後愛惜公物的好公民習慣。

〔本文作者簡介〕

陳庭輝

學歷：

成功大學交通管理系畢業

經歷：

現任陽明海運股份有限公司董事長、成功大學校友會理事

知足的喜樂

一九九五年一月十九日晚上，吾兒大鈞突然發現眼睛看字會裂成兩字，我因接連數日趕赴各地分公司吃尾牙，當晚深夜才返家，一聽內人說起鈞兒眼疾之事，說也奇怪，我邊嘀咕說一定是不用功找藉口，卻一邊手撥電話，打給高雄醫學院的許明木醫師。許醫師要我立刻帶鈞兒到他的診所診斷病情，我們夫妻連忙把孩子帶過去。

許醫師看了，皺眉頭說事態嚴重，鈞兒眼壓過大，如不趕緊動手術，視網膜就會擠破！他判斷一定是長了腦瘤。他要我們一大早到高醫住院徹底檢查，在高醫做了腦部斷層掃描，果然發現在腦中央松果體附近長了一個直徑兩公分的腫瘤，群醫會診，說必須剖開頭顱做大腦腫瘤摘除手術，而且不能保證一定摘除乾淨。總之，不動手術只有半年生機，動手術則也難確保無事。這種殘酷的事情居然發生在我的心肝寶貝身上，我心有如刀割，叫我該如何是好！我只好四處詢問有無良策解除我的困境，各地友人也紛紛熱心的介紹秘方、腦科權威。

我很感謝事情在公司傳開來後，長庚醫院管理部薛課長跑來告訴我，醫院的腫瘤科主任梁雲博士，前兩年已從美國引進一套最先進的珈瑪射線手術設備，並且操作技術經過兩年業已純熟。我最後狠心一賭，決定把鈞兒的命運交給上帝，拜託梁主任全權處理。一月二十四日，施行漫長的定位程序，他們用定尺鉛箍在鈞兒的頭殼定位，這時候我對鈞兒勇敢與忍痛的本事無比尊敬。我當爸爸的多心疼啊！經三小時電腦計算，確定好各種射入角度與方位，並逐一定好各射源的劑量，多重射源在那麼一次千分之一允許誤差定生死的照射下，我們等著上帝宣判。

由於梁主任擔心癌細胞往下擴散到鈞兒的脊椎骨，所以隨後每隔兩天要對脊椎骨做一次中子射線照射手術，這段時間，鈞兒仍不肯休學，照常到校上課，直到三月八日才停止所有放射線照射治療。四月八日再做檢查，腫瘤已萎縮了三分之二，可是鈞兒的頭髮也因放射線的破壞都掉光。今年一月二十四日，手術滿週年，鈞兒做了徹底的磁核共振掃描，梁主任證實腫瘤完全消失，全家人歡樂聲才又重現。

這一年來，我思考了許多人生大事，吾人平常待人誠懇，這種善因平時感覺不出來，但在碰到急難時，它就都會跑出來幫你忙的。

我寫這篇文章，是藉回應《淘氣阿隆》的讀後感，謝謝衆多好友的慰問與幫助，給莫大的鼓舞。最後，我把這一年的心路歷程寫出來，自我警惕一番，那就是：人往往不知不覺的不知足！起初聽到這麼嚴重的壞消息，我只希望鈞兒能保命於一時之間；後又盼鈞兒能痊癒；知道腫瘤完全消失後，見鈞兒掉光頭髮，又希望老天賜他再長新頭髮；鈞兒長好頭髮，又期盼他頭腦如往常一樣靈光，把書讀好，今年考個好學校、好科系，開始逼他K書，過一如病發前的苦日子。最近我想開了，那麼淘氣的阿隆都有他的康莊大道，我的鈞兒也該有他亮麗的人生等著他去開創。讓他快活的享受人生吧！我又何必硬逼著他做東做西的，我真的很感激上帝的恩典，賜我全家平安、和樂。

〔本文作者簡介〕

浦筱德

學歷：

中國文化大學建築系畢業

政治大學企研所企業家班畢業

經歷：

現任太平洋建設公司及太平洋房屋公司副總經理

茶童與小服務生

葉宏清

我生長於台灣中部的南投縣水里鄉群坑村。水里原名水裡，是位於濁水溪旁的市集。洪水氾濫時，整個市集就變成「水裡」。群坑村位於新中橫公路濁水溪旁的山腰，是一個一百多戶的小村落。

家祖父葉長擔任群坑村長逾三十年，從我童年起，多數村人均對祖父稱呼「村長伯」而不稱其名。祖父好客，村中又無餐廳，因此，祖母練成燒一手好菜的好廚藝，而且上菜要快速，以招待親友。祖父不論公私交誼接待，家中就是餐館。

祖父接待客人，祖母、母親忙於殺雞或宰鴨，煮飯、做菜、炒麵或炒米粉……等等。小孩子也不能閒著，賓客與祖父或談公事，或聊私誼，或擺龍門陣，戲數人生……等，我就蹲在火爐前以木炭燒開水、泡茶，專司茶童，端茶敬茶，回收杯子洗淨，一次又一次的循環。開飯時，我就轉移陣地到飯廳，首先擺好碗、筷、杯子、湯匙、醬油碟子；客人上桌時，趕緊添飯！開酒、倒酒！完成第一階段工作後，侍立餐桌旁邊，準備隨時「奉命服務」；過了一年，即可掌握「主動服務」，不需等待指示。

當小服務生的童年，教育了我尊重長輩、服務長輩，全家一起工作、一起接待賓客、侍奉客人的過程，也聽了各式各樣的見解，與聞許多人生的悲歡離合、喜怒哀樂，以及當時社會的價值與是非尺度；我非常懷念那一段當「服務生」的日子。

當前經濟進步、科技發達，泡老人茶用電磁爐，茶童失業了；招待親友餐廳林立，飯廳服務生也失業了。這麼好的歷練再也無機會安排給我的兒子，這是一點遺憾。

〔本文作者簡介〕

葉宏清

學歷：

交通大學電信工程系畢業

經歷：

飛瑞股份有限公司董事長

翔瑞電梯股份有限公司董事長

新企機電工程股份有限公司董事長

山特電子有限公司董事長

昌瑞投資股份有限公司董事

精英電腦股份有限公司董事
宏碁科技股份有限公司監察人

苦兒阿仁求學記

父親任職彰化田尾農會，只記得小時候父親一個月九百元的薪水，買米就用去六百元，由於我上有三個哥哥、一個姊姊，下有一個弟弟，全家八口，每到月底沒米燒飯，母親都會派長得較可愛的我去向米店賒米過日子。孩子們到了青春發育期，食量大增，母親巧婦難爲無米之炊，只好改煮稀飯應付，結果本來一人吃四碗乾飯，變得都得喝足八大碗稀飯，缺米更嚴重，全家六個小孩變成只栽培我繼續升學，兄姊與弟弟都念到初中便就業賺錢補貼家用。

我小學以第一名畢業，領到縣長獎，是全校那幾年中唯一考上彰化中學的畢業生。每天上、下學路經繁華的彰化市區，見到高樓大廈林立，每戶人家屋裡電器設備一應俱全，回到家裡細數家裡財產，就只是那架老收音機，內心感慨萬千，立志將來要賺大錢幫忙改善家境。

記得有一回邀班上幾位同學到家裡吃飯，好強的我前一天就撕下大月曆，用飯粒煮成的漿糊，一張張把泥土塗的木板牆壁貼滿，沒想到用餐時，一大張月曆飄落下來，露出泥土的牆面，同學們並無惡意的哈哈笑，卻讓我難過好久、好久。

小學上學時，都要走三十分鐘的路，有個較富有的鄰居會讓我騎他們家二十八吋的大脚踏車。我人小，只能手扶把手，身子穿過三角架去踩踏板，鄰居的孩子則坐在椅墊上，我用自己的勞力搭便車上學。那時候政府在取締沒牌照的脚踏車，鄰居的車子正好沒牌照，有一天又奉母親之命借鄰居車子，騎去向米店賒米，路上被警察攔了下來，把人、車都扣押起來。我一時張惶失措，當場痛哭流涕，彷彿世界末日，後來一位鄰居出錢把我連車贖回來。這對我幼小的心靈刺激甚大。

父母看我成績一直都是全班第一名，就無怨無悔的資助我念下去。我考上成大機械系時，家中的經濟實在無法讓我繳學費，本來想放棄，可是父親在成大註冊的前一天說，就看我有沒有讀大學的命，他要把家中剩餘的一點錢拿去賭博，他說輸了就算了；如果贏了錢，我的學費就有著落。我在家等了一整晚，直到半夜三點多才看到父親紅著眼睛抱著一紙袋的錢，很高興的對我說：「這些錢你可以拿去念大學了。」從那次以後，我再也沒向父母要過一分錢，念成大時打工兼家教，自力更生完成大學學業。

從小一路苦上來，眞的是窮怕了，我感謝全家人成全了我一個人。興隆兄讓我寫出這段我一直不太願意去回味的苦日子，現在寫好，心想正好也可以讓兩個寶貝女兒知道父親是如何苦學出身的，也藉此鼓勵窮人家的孩子們，要人窮志不窮，不要輕易向苦難的環境低頭，只要吃得苦中苦，必成人上人。現在我當了三家公司的董事長，仍不敢有絲毫怠惰。我很感謝愛妻的祖父、祖母及我的岳父、岳母，他們不嫌棄我出身窮苦人家，把他們疼愛的孫女、愛女下嫁給我。

〔本文作者簡介〕

陳茂仁

學歷：

成功大學機械系畢業

政治大學企研所企業家班畢業

經歷：

現任春迪科技股份有限公司董事長

不太邏輯的小杜

雖然我本人是學理工的，但是從小就顯露出一些端倪，說明我並非一個理想的邏輯理工人。

我小學的成績在惡補的逼迫下表現得還不錯，但是初中玩過了頭，還好勉強考上新竹中學。在那古早的新竹中學裡，校風是出了名的優游自在，音樂、美術、體育風氣鼎盛，一般學科反倒無甚可談。到了高二要分組時，私自偷偷報名文組，不想事機不密，被母親發現，引發一場風暴。

在我的堅持之下，母親實在無法可想，只好去找全竹塹地區無不敬仰的辛志平校長求援。辛校長本人倒是無可無不可，覺得也無甚緊要，但我在校長室裡母親涕淚俱下的怨懟下，糊裡糊塗的倒也不再堅持，悄然無聲的結束這一場年輕時期的小小主張，爲我意志不堅的性格作了一個註記。結局是，我考上了淡江大學電子計算機科學系。母親聞訊後，大惑不解，問我說：「那種拿在手上按來按去的東西也要學四年呀？」

進入大學之後，不知爲何住進了一個全是女生的宿舍，每天到各女生寢室混混，倒也其樂無窮；加上又迷上多種球類運動，身兼校隊，到處比賽，理工學科也只成了大學生活中必須盡到的義務而已。

學校畢業後，分發到海軍陸戰隊，成天在荒郊野外亂跑，勤練所謂立即出動作戰，早把小小的電子計算機拋諸腦後。退伍之時，面臨就業選擇，心想所學實在不精，無從作終身職志，心虛之餘，突發奇想，決定退隱山林，作個快樂的養豬人。於是找了個大學同學合夥，在南投竹山鎮找了塊山明水秀之地，準備就緒後，就硬著頭皮回家稟報母親。意料之中的又引發了家庭風暴，母親傷心之餘，罵我說：「早知道你要養豬，倒不如不用讀書，早也養了十幾、二十年豬了。」這次我倒是一意孤行，不理會家人勸導，落實的出發養豬去。結果，我們忘了需要準備錢買仔豬，無錢無法可行，只好草草結束，回來加入資訊電腦行業。而當時的合夥人，養豬不成則從政，現在早已成爲竹山鎮的鎮長大人了。世事難料，上回我去看鎮長大人時，他還很興奮的抓著我討論鎮公所的資訊網路系統呢！

這次蒙阿隆哥指示，貢獻些陳年往事，以供大家茶餘飯後消遣，謹提供故事二則如上，如有雷同，純屬虛構。

〔本文作者簡介〕

杜憶民

學歷：

淡江大學電子計算機科學系畢業

經歷：

現任智邦科技股份有限公司總經理

天生贏家阿賢

民國六十一年我念台大數學系，和我同住的耀峰兄念地質系，是王興隆的二弟。就這年我認識了王伯父、王媽媽和他們三兄弟。畢業後，與興隆兄一樣從事資訊業，同行了十五年，這也算是一種緣份吧！

小時候眞是物質匱乏的年代，但在鄉下小學，赤著脚騎馬打仗，倒是很快樂的經驗。中學到高雄念私立道明中學，那時候念私立學校的人家裡都有點錢，除了我以外。印象最深刻但一輩子從來不曾提起過的，是一件有花紋的毛線衣。那是我唯一的一件毛衣，是我阿姨織給客人的，但沒有來取件，就商量著很便宜賣給我媽媽。那時的冬天比現在冷，我穿著那件對學生來說確實是比較花俏的毛衣參加週會，被教官狠狠的刮了一頓。誰知下星期我還是穿著花毛衣參加週會，教官瞪著我，講了幾句就離開。三十五年已過，我當時羞愧難當、無地自容的心情，如今倒是很淡然。

大學四年暑假我都留在台北打工，學校有四十九個系，所以不同系註冊日子拉得很散，耀峰兄申請了轉系，想知道轉系是否成功以確定註冊日期，從台南寫信來宿舍要我代查。我到註冊組問：「請問王耀峰化工系有沒有轉成？」答案是肯定的。「請問殷聚賢電機系轉成了沒有？」那位兄台不耐的說：「自己轉成了就好，管別人幹什麼！」「對不起，我才是殷聚賢。」就這樣，我也轉成了。

仔細想想，我這輩子還眞有點「賭性堅強」，幸而我只是貼補家用的小賭，請容我在此作一回憶。

小學一年級，我很羨慕人家玩撲克牌，就用存了兩個月的零用錢託人買了一副屬於我自己的牌。我曾靠它贏了五個小朋友的兩元七毛錢，快樂了一個星期。小學五年級，我在教室後面賭撲克牌被訓導主任逮到，記了一個大過。那是我人生最壞的紀錄，也是學校的紀錄。

人生眞是無物不賭，在電腦公會高球聯誼會裡，我打了七年高爾夫球，爲求能認眞的打好球，也和興隆兄高雅的賭了七年。但我們的規矩一直不變，每洞新台幣一百元。一開始，我們有一個裁判見證人——精技電腦公司董事長葉國筌兄，他陪我們打球，監視我們有無犯規，代價是抽取一〇%佣金。這個佣金賺得很辛苦，我們球技差、成績又很接近，輸贏金額不大，多在一、兩百元左右。國筌兄老是跟著上坡下嶺，忙得不亦樂乎，而最後一〇%佣金也只有十元、二十元可分。現在這點小錢他早就不賺了。

三年前九陽會到峇里島打球，第一天打十八洞，離太陽西下還有一段時間，就玩切球上果嶺、再推桿入洞。八個人裡，吳國榮、陳榮祥、陳昌、李建昇諸兄都是高手，而我球技最爛，每次美金四元，前七次都有人平手，我落後。但第八次我打上果嶺邊緣，最差；誰知一個長推桿，贏得此役。美金四元乘八人乘八次，乖乖！二百五十六元落袋。這就是我的球友——衛道科技總經理張泰銘兄常說的：「嘛是愛八字重。」

六十二年十一月台大校慶，我個人租了一個攤位，分成兩部分，一邊賣手工藝品，一邊玩骰子。那時膽子很大，玩骰子是現金收付，當晚結算下來，四個人負責的手工藝品賺了一千五百元，而我一個人負責的骰子則是二千元。那個攤子是椰林大道收攤最晚、人也最多的。一個學生說他輸光了，我給他十元搭公車；一個女人告訴我，她是法商學院教高等機率的講師，怎麼會輸給我這個學生，她不曉得微積分常考滿分的王耀峰還常問我數學問題呢！

七年前我和天駿電腦總經理周武雄兄、惠商董事長黃傑明兄去拉斯維加斯看電腦展，有一個下午，三人去新開幕的Mirage Hotel玩Black Jack，一開始輸到只剩五元的一個籌碼，準備離開，他們兩人拉著我說：「輸光才走人！」結果不但沒輸光，還在後來六個小時的奮戰中，把它變成五千美元，這是他們津津樂道的。

隨後轉戰溫哥華也是大有斬獲。回程從夏威夷到漢城，搭的是西北航空，載客率只有一半，所以我們就坐到最後一排，周在我左邊，黃在我右手，就開始玩起來。一個老美問我是否玩Black Jack，我說是，他問可否加入，我說好。很快的，最後兩排椅子就圍了一、二十個老美，都是駐韓美軍；我看這些都是陌生人，限制他們每注最高五元美金。我實在忙不過來，請周武雄專責理賠事情。在台北作莊，供應茶水、香菸原是責無旁貸的事，可是小弟出門在外，實在有所不便，只好任由這些客戶向空中小姐喊「啤酒」、「果汁」，實在是失禮之至。也因爲我是無照攤販，如果起身如廁，馬上會被篡位，所以我是創紀錄忍了九小時沒上一號。總結小賺美金三百元，大概這是我小賭一生的高峰吧！

最後忍不住要建議華航和長榮，如果商務艙擺個麻將桌有多好！依我估算，台北到洛杉磯的航程大約是二十四圈吧！

〔本文作者簡介〕

殷聚賢

學歷：

台灣大學電機系畢業

經歷：

為神通電腦公司設計我國第一台電腦的作業系統

現任萬新電腦公司董事長、台北市電腦公會常務監事

貢獻社會，造福人群

李隆安

在活了三分之一個世紀之後，才突然「驚醒」，而自問：「我活著要做什麼？」並不是不想活，只是對過去三十幾個年頭的懵懂歲月，起了無限的疑惑：「我拚命在做什麼？」、「我爲什麼拚命的做？」、「我做對了嗎？」。正好藉此回顧，對未來人生的意義做一個探討，以免又白活另外半個世紀。總是有開始就不算晚，相信有很多人過了一輩子，都沒思考過這個問題。或許是顧生活都來不及，或許是生活富裕得不用想，或許是生活安穩得沒機會思考，或許是經過太多風浪而不屑考慮，或許是……。

七十八年六月十七日是我這生最難忘的一天，這天正是個人在日本受完五天難得的「愛普生海內外精英研習營」（爲訓練日本儲備幹部，及讓海外主管接受日式溝通的課程）後，等待下一個週一往總公司繼續爲新產品規格展開另兩天的協調會時，突然大學時受運動傷害而纏身十年的坐骨痛惡化了。平常只是不能負重物，而惡化時連坐都不可能，更遑論站立了。獨處異鄉那種無助的無奈，讓我興起了「我要活著回去」的念頭。在求助無門的情況下，只好咬著牙，忍痛扛著十五公斤的大皮箱，從長野縣的松本，經過火車、汽車、飛機，一路躺著回來。在車站、月台、機場，能躺則躺，不能躺就將整個身子向前彎曲弓著，「掛在皮箱上」，如此熬了十個小時終於抵台，之後，立即送進醫院，住了三個月。

在醫院休養復健的三個月，正好讓自己靜靜的對過去四年的打拚（七十四年六月～七十八年六月）及剛發生「生命受威脅而無助」的畫面，做了一番對照與檢討；結論很簡單、很容易下，且很平凡，那就是「沒有健康的身體，一切就甭談」。但是，有健康的身體，埋頭苦幹的打拚又爲了什麼呢？如此打拚，難免「六一七事件」會重演，而散漫過日子，這又不是「受過高等教育的我」所能坦然面對的。因此，活著打拚要有意義，就非得對未來有所規畫，要對短、中、長期設定具體目標。有了這些方向與目標，逐一的去達成，就可累積成串串值得回憶與告慰自己的成果了。

這個方向的設定，新鮮的名詞叫作「生涯規畫」，而其重點在於「潛能的發揮」。白話的講，就是從自我評估，就自己的個性、所學專長、經歷、環境等各方面去探討、去分析自己的優缺點及長短處。將優點（長處）盡力去發揮、去擴大，同時透過讀書、受訓，用心去學習新知，改善自己的缺陷。如此，讓自己的人格更接近完美，身心更健康，優點又累積更多；相對的，發展的限制就愈少，如此「善性」循環，能力擴增，視野更廣，而綿綿不斷。

另一個轉捩點在八十年四月八日，我因急性肺炎休養數日期間，受蔣經國先生如水泥中的水份那個奉獻無我的精神所感召，及趙耀東先生「爲子孫負責」（今天不做，明天後悔）的處事態度的影響，自思除個人的目標與成果外，整個人生應該要有更永恆、更遠大的終極方向，才不會在片段的掌聲與挫折中再度迷失自己。

「幫助別人」是人生觀的第一個念頭，因爲自己從十五歲念完高工起，就處處受人幫忙，而能再次上大學，求得如此得意的工作及經驗，反哺之心當然有之。而此時另一個貴人——齊藤眞一郎先生，他那種無國界、無種族差異的「國際人」的態度，更令我自嘆不如，因此，藉公司職務、個人的特點之便，「貢獻社會，造福人群」的意念便自然而生。

一生的目標雖然要遠大，但落實卻更重要。將此人生大方向融合於生活之中、工作之中、休閒、甚至娛樂中，都是達到「遠方」目標的必經之途。無時無刻不是在爲貢獻社會而努力，分分秒秒都是爲造福人群而努力。計畫明天，重視明天，更要把握今日。

〔本文作者簡介〕

李隆安

學歷：

台灣工業技術學院電子學系畢業

經歷：

曾任職大同公司三年

現任愛普生科技股份有限公司副總經理、中文電腦推廣基金會董事

凡努力過的，必留下痕跡

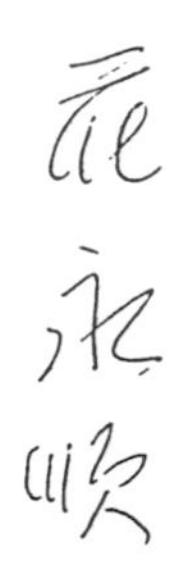

由童年、青少年至成年，這段辛勤又努力的日子，當時備嘗艱辛，如今驀然回首，卻散發著多樣的光彩，如此鮮亮的映照出我的內心世界。

童年時，讀完村莊內附設的國小分校二年級後，全班同學必須回到本部鄰近村莊的南新國小繼續就讀，父母親另安排我轉學至嘉義市大同國小就讀，以便能接受都市學校較多的學習競爭，好順利考上嘉義中學，不要像村莊前輩一樣居鄉務農。因此，每天清晨五點就得起床，趕搭六點十分的小火車（五分仔車），搭火車雖有趣，但每天披星戴月往返學校與村莊，對當時才國小三年級的我來說，不免覺得既辛苦又勇敢。

四年級時，開始寄住父親友人家，獨立面對課業、生活、情緒上的挫折，無家人關照，孤寂的度過國小最後三年，有苦有淚，只有靜夜在棉被中熬過，涵蘊了我今日處世堅定、忍耐及豁達的性情。

陳浩然先生是我就讀嘉義高工時的導師兼數學老師，他使我喜歡上數學，也因此得到「愛迪生自然獎學金」。我永遠記得他的話：「你們學數學不要只用眼睛看，一定要動手去解題，否則就會眼高手低，考試時題目看起來都會，卻寫不出來。」他的一句話

「眼高手低」，讓我受用終身，凡事實際動手去做，就會有結果。謝謝您，陳老師！

台北工專畢業，考上預官，結訓後分發台中清泉崗裝甲旅營部連當實習排長。第一次擔任值星時，帶領部隊晚點名呼口號，竟然緊張得忘掉口號，當場愣在那裡，幸賴第一排排長及時幫我解圍，並私下教我將口號抄在點名簿上，看著唸就不會緊張了。這位排長適時的解危並授我良策，眞是我生命中的貴人。此後一年四個月的軍旅生涯，我每次講話之前，必定會事前有充分的準備與演練，因此部隊的訓話也就變得井井有條、從容不迫了。

退伍後，進入嘉福電子公司（生產電子計算機）擔任助理工程師，有一次出差至中部二天一夜，我將公司給的差旅費，有如自己的錢一般精細謹愼，不隨意花費，報帳時因消費詳列，深得老闆讚許，擢升爲業務主管，因而有機會學習領導別人。這在我事業生涯中是一個很重要的轉捩點，也因此更堅定了做事磊落、公私分明的習性。

此時，因政大中文系女朋友（後來成爲愛妻）的鼓勵，我毅然辭職、理光頭，靜居北投一小室中苦讀，抱著破釜沈舟的決心，以考上技術學院爲第一要務。半年的苦讀及離群索居，終於一舉考上技術學院，進入此更高學府，讓我的視野、思想及理想更上一層樓，也因此奠定了我未來事業的基礎。

我自知資質中等，但做事有毅力，必堅持到底；想要達成的事，我必定全力以赴，不達目的絕不休止。在追求我的妻子及做學問時，都是秉持著這個信念，終於如願以償。

沒有這一學程的躍進提升，就沒有我今日的事業，所以，一直不停的再精進學習，是使人成功最重要的因素，我深信。

民國六十七年，技術學院推薦我以學生活動中心總幹事的身分，參加青年節籌備大會執行委員的選舉，經過一番激烈的競選，我很幸運的當選委員，有幸與北區各大專院校精英齊聚一堂，籌辦青年節一系列慶祝活動。這些夥伴有邊偉文、李友群、沈世年、王國屏、田正超、王穎鶯、潘維剛、林遼東……等十五人。每個人才氣洋溢，講起話來，引經據典，頭頭是道，口若懸河，滔滔不絕，幽默有趣。一個多月的籌備工作，在救國團長官與夥伴們通力合作下，順利完成任務。青年節當天，大家分坐國父紀念館舞台上兩側，一齊主持青年節慶祝大會。我們今日仍兢兢業業的在自己的崗位上努力，雖然許久不見，但當年熱情豪邁的友誼，至今仍令我深深懷念。

這些「直、諒、多聞」的良友，讓我認識到「人外有人、天外有天」，更激發了我要開闊視野與腳踏實地去經營我的學問和人生。

民國七十四年，是我事業最重要的關鍵年，有緣與惠普公司的同事黃育民、劉克振共同經營研華公司，育民負責研發、克振負責業務、我負責生產。公司在我們合作無間、互相要求、互相鼓勵、互相幫助、同甘共苦、不分彼此、發揮各人的長處之下，成為一家成長迅速、重視人才的科技公司，以個人電腦工業自動化應用方面的產品為主要經營業務，曾獲得國家磐石獎、傑出資訊獎及產業科技獎等殊榮。

常言道：「天時、地利、人和」才能成事。「天時」、「地利」是成事的客觀條件；「人和」就是主觀條件，同時也是成事的關鍵所在。感謝育民、克振無私的付出與接納，並待我如親兄弟般，我深深體驗到友誼的可貴與偉大。他們讓我的人生更精進豐富，成長得更穩健開朗，並成就一番事業。

凡是努力過的，必留下痕跡。成長歲月中所經歷的人、事、物，即使有些看起來是如此細碎而微不足道，卻都成了思想中刻骨銘心、揮之不去的記憶，從中，我在悲歡酸甜的日子中孕育、成長。為此，我滿心歡喜並深懷感激。

〔本文作者簡介〕

莊永順

學歷：

台北工專電子科畢業

台灣技術學院電子系畢業

政治大學企研所企業家班畢業

美國杜蘭大學企管碩士

經歷：
現任研華股份有限公司總經理

忘不了的童年記憶

小學四年級時因父親經商失敗，轉而吃人頭路，全家遂由繁榮的彰化市搬到鄉下——彰化縣社頭鄉。父親上班的大明紡織老闆聘他當特別助理，協助處理日本往來廠商的事情。由於父親高中在日本求學，日語聽、講都很不錯，全家因此在這個地方住了四、五年，使我這個「都市仔」體會了十足的鄉村生活。

那幾年寒、暑假，我們幾個兄弟姊妹閒暇之餘的主要工作，就是到離住家只有五、六分鐘路程的一家食品工廠打工，賺取工資貼補家用。印象最深的就是與附近鄰居大人、小孩圍成一群，拿著刺瓜切成兩半，把裡面的子粒及汁用大湯匙刮乾淨，然後再把裝滿桶子的子粒及汁拿去秤，每斤二毛錢，往往刮了一個下午，也只能到賺到幾塊錢。雖然如此，十幾歲出頭的我們已充分感覺到賺錢流汗的那種味道，非常辛苦，卻也苦中有樂。後來我們還做過鳳梨切片、荔枝（挖掉內部黑子）、龍眼等工作。社頭、員林一帶食品工廠盛行，使我們有很多打工的機會。

有一年，在離家騎腳踏車約半小時的鳳梨工廠做打掃鳳梨心的工作（這種鳳梨心還可以洗洗、拿出去賣給人吃）。晚上有空檔的時候，大人喜歡講鬼故事，我們當然聽得津津有味，可是晚上九點多下班回家可就慘了。那時候沒有路燈，回家的路上要經過一片片田野、平交道，還有一大片公墓。有一次，一路上只聽到很有節奏「軋！軋！」的恐怖聲，簡直嚇壞了，一直衝到家。隔天早上檢查那輛破舊的脚踏車，才知道原來是車子後輪捲進了一根小樹枝，輪子轉動自然會有怪聲。從那次起，我在上夜班的地點，絕對不敢再聽大人講鬼故事了。

〔本文作者簡介〕

王百祿

學歷：

台灣技術學院電機系畢業

經歷：

曾任《工商時報》科技記者暨資訊組召集人

現任時報資訊公司總經理

書法之讚

張維德

興隆兄在《淘氣阿隆》裡寫出篇篇發人省思的童年回憶，我就貢獻一篇自己的感悟，讓大家彼此共勉。

那天的早晨似乎比平日更爲令人感到陰沉沉的，也令人感到距離天亮好像還很久。但遠處啼鳴不已的公雞卻似乎非常不贊同我的看法，牠一聲聲的報時正叫喚著這個大地的甦醒；不久後，母親就來催促我起床。我可以漠視一千隻公雞同時的啼叫，但卻不能不理會母親的一聲呼喚。那天是剛升上小三的我開學第一天的日子，我實在無法相信，一個無憂無慮的暑假就這樣過去了。

小學三年級，似乎有許多與一、二年級差異很大的地方，例如開始有整天課，有自然、社會等新課程以及書法。記得第一次寫書法時，墨磨好還沒開始寫字，已經是滿手黑了，而且往後也似乎都是如此，有時連簿子都弄髒了。更令人懊惱的是，像我從小寫字就好看到幾乎人人稱讚的人，怎麼可能、又怎麼可以每次書法都得「乙」呢？可是每次本子發回來，都不斷的一次次「傷害」我幼小的心靈。漸漸的，我不喜歡書法課，當然成績也都「維持」在低水準。

或許是老師的心情好吧！也或許是老師終於慧眼識英雄了！記得那天晴空萬里，外加一點普天同慶，我的書法本子發回來，終於得了「甲」，以往看起來面目可憎的老師，那天突然變得慈眉善目，還當衆稱讚我大幅進步，一時間我眞不知該喜極而泣還是痛哭流涕。從此之後，我每次都極有耐心的臨摹筆法，老師也時常稱讚我，而我也以認眞與用心來回報老師。

長大之後，我逐漸了解到適時的讚美，可以讓他人受到肯定，而使被鼓勵者更加強其正面表現。如果讚美者在被鼓勵者的心目中占有重要的地位，如老師、父母或公司主管，則讚美的效果將會更大。如今我身爲公司的負責人，總不吝於在適當的時候給予同仁正面的互動，這實在是値得大家多多採行的；尤其是身爲主管者，更應身體力行。

〔本文作者簡介〕

張維德

學歷：

台灣大學機械系畢業

政治大學企研所企業家班畢業

美國杜蘭大學企管碩士

經歷：

中華民國制動機工程學會理事長

現任向商企業股份有限公司董事長

往事難忘

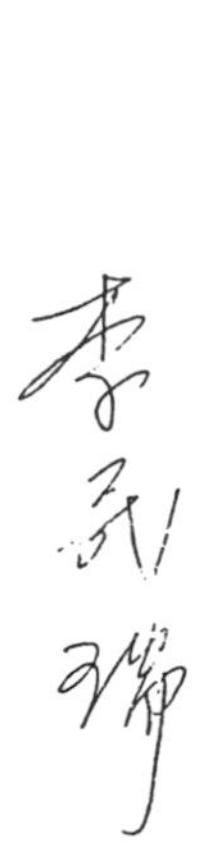

興隆兄是政大企家班第十一屆的第一任班長，他的《淘氣阿隆》讓我墜入往日情懷，我就以微薄之筆來述說難以忘懷的幾件往事。

㈠捉泥鰍

農家之樂，樂無窮。生於鄉下、長於鄉村的我，農家之苦，如今想起眞是樂事一樁。記得童年時，由於農藥使用並不普遍，才得以讓泥鰍、鱔魚……等得以保持良好的生態。當稻子收割之後，稻草置於田野之中，隔一段時間經下雨後，稻草也浸於田野之中，在當時，捉泥鰍就成爲兒時的工作之一，也是樂趣，只要將浸於水中的稻草移開，田地上就可看到泥鰍在游竄，然後就捉起來放進水桶，既可加菜，又可賣點錢，其中之樂，豈是現在生於都市中的小孩所能體會的呢？每當講此事給自己的女兒和兒子聽，他們還以爲老爸在說童話故事呢！

㈡赤脚上學去

就讀小學時，學校離自己住的地方大約有三公里遠，那時的我上學沒有鞋子穿，也沒有脚踏車，所有村中的小孩都用走路的。當時的路是石頭路，每逢冬天，寒風刺骨（現在的冬天，比起三十幾年前可暖和多了），所有的同學沒有人穿得起鞋子。記得當時高年級的同學故意整低年級同學，常常叫我們走在鋪著許多小石子的路上，大夥兒脚下刺痛，尖叫不已。今天想起來，那時的苦，如今成了都市裡公園內所鋪的健康步道，你說這是苦、還是樂呢？

㈢放牛的故事

讀國中時最有樂趣的事是牽著牛吃草、騎在牛背上拿著英文課本背誦英文；個子小小的我，常拉著一頭碩大的水牛在鄉下的農路上吃草。記得有一次，當家裡的牛遇上了別人家的牛，不知怎麼搞的，兩頭牛竟然鬥起來，結果，眞是慘不忍睹，把附近的稻田給踐踏了。當時，我又氣又哭的跑回家向父親求救，花了很大的力氣才擺平這場拚鬥，拖著疲憊的脚步，牽著牛回家，心裡想，牛啊，回家之後一定會被修理；果眞如我所料，被鞭打了一頓。

㈣吃鍋粑

我生於鄉下大家庭，那時候，家庭的成員大約有四十人。記得每次母親和伯母們要煮飯時，小孩總是期待著有鍋粑可以吃，因為是大家庭之故，煮飯時一定用大鍋子（俗稱鼎），而飯的最底層一定會燒焦，小孩就等著吃鍋粑，眞是美味無窮。

那時吃飯的順序是男人和小孩先吃，最常吃的是空心菜湯和鹹魚乾，要想有魚和肉，那只有等拜拜或者有客人來時才有可能。想當時飯桌上擺著魚、肉，沒有多少工夫就被一掃而光，大家搶著吃，狼吞虎嚥，眞是津津有味；如今雖有魚、肉置於飯桌上，卻再也沒有童年那種滋味，眞是天壤之別。

㈤難忘的摯友

八十五年二月二十一日早晨，家裡的電話鈴響起，心裡有種不祥的預兆，這回好友陳境村兄可能眞的永別了。

接了電話之後直奔榮總，雖見了最後一面，卻不能言語，他走了。記得那天是大年初三，寒風中下著雨，我終於痛哭，抓著境村大嫂及境村的女兒，不斷安慰大嫂、海韻要堅強。

境村兄是我在商場上認識的摯友，情如兄弟，無所不談，相知甚深。失去了一位亦師亦友的好兄弟，也讓我的人生觀改變了許多。如何豐富自己的人生？知足而已。但願好友陳境村安息！

〔本文作者簡介〕

李民瑞

學歷：
中興大學企管系畢業
美國史柯雷頓大學企管碩士
政治大學企研所企業家班畢業

經歷：
中國醫藥學院行銷管理學講師
現任田禾資訊股份有限公司總經理

狂牛記

每當開車行駛於交通擁擠的台北，行走於喧鬧吵雜的街道，總會油然想起小時候寧靜、祥和的農村鄉野——一望無際綠油油的稻田、流水潺潺的鄉間小溪、蟲鳴鳥叫的田野草原……，那是我的故鄉——佳里，嘉南平原上的一個小鎮。

小時候家裡種田，所以放牛割草、幫忙農事，便成爲我放學以後每天都得做的家事。平常的黃昏，父親會叫我牽牛到田野去走走，到長滿綠草的農田小路上吃草。由於家裡養的牛是比較壯碩的黃牛，不是水牛，所以很怕蒼蠅沾咬，蒼蠅一多，牛兒就會全身搔癢，搖頭擺尾；如果被沾咬到牛兒受不了的程度，黃牛便會發怒，搖頭蹬脚，狂奔直衝。

那一次，閒坐一旁暇思入神的我，突然被發狂的牛驚嚇，奮不顧身的躍起衝出抓住牛繩，使盡全身所有的力氣，雙手握緊牛繩，希望能制止黃牛前衝狂奔的動力，結果發狂的牛拖著我從田間小路到溪中，又拉到岸邊，仍不停止。我的雙手已經瘀青，微微出血，但我仍不肯放手，因爲想到一頭牛一、兩萬元，在三十年前，那是我家財產的一半，我當然抵死不放，萬一牛跑丟了，我如何面對嚴厲的父親？想到這裡，顧不了那麼多了，把牛拉住是我唯一要做的事。就在岸邊跌跌撞撞、翻滾一番之後，幸好依靠溪岸的支撐與阻力，才把狂奔數十公尺的牛硬是拉住，那慘不忍睹的雙手自然就不用說了。

就這樣拉扯、拔河，數年下來，練就了一身的神力。吹牛一下：在政大運動會時，我拿過標槍、鐵餅金牌；而且立定射標槍，不必助跑就拿第一（一般人射標槍，先助跑二、三十公尺再奮力一擲）。甚至八十一年到上海考察，巧遇大陸全國武術第二名的高手，在好勝心驅使下，我邀其比手腕角力，結果數到三，便將其壓制，此事有王興隆兄在旁見證。再吹牛一下：本人今年三十八歲，仍未碰到手腕角力的對手。

〔本文作者簡介〕

楊正利

學歷：

政治大學企業管理系畢業

政治大學企研所企業家班畢業

美國杜蘭大學企管碩士

經歷：

一寶鞋材公司董事長

現任鈞寶電子公司董事長

兒時二、三事

李建復

我知道自己的記性頗差，小時候的事情都忘得差不多了。記得的幾件事現在回想起來和自己的個性似乎都有些關係，很多人說「三歲看八十」，還眞有道理。

我念小學快畢業的時候，正是金龍、七虎、巨人少棒隊在美國揚威的年代，小男生大都沈迷於少棒，我放學之後，不是一個人在自家的小院子裡練投球，就是和鄰居的朋友練投捕，我多半作捕手，因爲投球投得不好。我這個人大概天生就有些「悶騷」，明明技不如人，總是不甘心就此沒沒無聞，有一天我下定決心練習用左手投球。所謂「出奇致勝」，左手投球也許可以讓同學們另眼相看。

練了一陣子之後，倒也是有模有樣，準備大顯身手。無奈實在是沒有自知之明，還是上不了場，原因有二：第一，家中小院子的距離太短，眞的上場才發現，投捕之間的距離讓我在沒投幾個球之後就力道不穩，控制不住；第二，打擊實在太爛，所以基本上連班隊都不會被列入考慮。

但是無論如何，回想起來，自己有幾個特性倒是長大之後也是照舊：

一、不甘於平淡、平凡，雖然表面上頗爲平實穩健。

二、我有幾次眞的發憤要練好一些技能，也都還能練得頗爲像樣，但卻無法持久，例如練左投、練吉他。

這些不知道是好還是不好的特質，從我練投球開始到高中時參加合唱團、學吉他唱民歌、參加金韻獎、參加辯論比賽，帶領大學班上同學參加校內的合唱比賽，出國念書，在作了十年外商公司員工主管後出來創業，到「台北之音」及「眞相新聞網」主持節目，似乎都有跡可循。

不知道這種個性會把我自己帶到什麼地方去，但願一切平安，但未來肯定還是頗富變化的，年紀愈大好像愈沒有定性了。

〔本文作者簡介〕

李建復

學歷：
淡江大學國貿系畢業
美國匹茲堡大學企管研究所碩士
經歷：

校園民歌手，曾獲頒金鼎獎最佳演唱獎、國軍文藝金像獎男歌唱演員獎

現任務實管理顧問股份有限公司總經理、台北之音「台北 OFFICE」節目主持人、

真相新聞網「非常保險」節目主持人

《輯三》

阿隆的
人生智慧分享

君子之交淡如水

一生打過照面的不下萬人，堪稱君子之交的就這幾百位。大家都沒那麼多生命陪伴那麼多人，只能因緣際會去蕪存菁做君子之交。平日默默祝福，對方有急難變故及時援助。

同學們，各位的知心好友現在有多少，一生又會有多少。畫幾個同心圓，最內圈從一人到三十人，第二圈十人到百人，第三圈十人到千人。

現在網路發達聯誼便利，和這些朋友保持互動，不要平日不理人，有所求再去求人，別人就感覺這不是君子之風。如果交往一輩子，從不去麻煩對方，他一定認定你是君子。祝福各位往來都是君子之交。

興福國中棒球隊

十多年前，全台各中小學都加入校園體育人才重點培育，各校結合學生、家長、廠商如火如荼展開。興福國中從全台各地徵選小學棒球好手。有三十多位一律住校，原民同學居半，有漂亮的棒球服、大背包，每人都有一部摩登的自行車。

每天清晨在美麗的操場，整隊很有紀律的跑五千米，再進行投打守備訓練，四處征戰以賽代訓。

阿隆帶過工程科學系棒球隊，蟬聯過兩屆全成大系際杯棒球賽冠軍，內心有股衝動想去擊球訓練他們的守備。

四十年來，幾度在台大運動場看到台大棒球隊訓練時，沒人能擊出精準落點深的球，讓外野手鍛練判斷飛球迅速移位及時接殺，會熱心義助當客串教練。棒員們都開心跑到全壘打線附近追球接得很開心。

現在身手退化成一般人了，看到一群群被有紀律的訓練，其中只有頂尖選手可進入職棒或國手，其他只要培養職場專業技能。

運動勝負主要是頭腦運作競賽，運動選手腦筋都不差，又有強健的體魄、耐操的體力，加上守紀律的特質，絕對是職場的健將。

許願盒

以前我拿一個盒子，裝著新奇功能的東西，先請五位同學起來說出有什麼新奇能力，描述外觀形狀色彩及內部結構以及用途，五人都說得很精彩。阿隆會恭喜他們，你們剛剛講的東西都傳送另一時空的展示櫃上，等著你運用各種資源去做出來。

世界級的創新產品是夢想家用這方式創造出來的。

當機立斷

每人都有機會當災難剋星，阿隆一生當機立斷阻止了災難發生。

一次在山上的簡易大廚房，十多位義工用多個爐子煮各式料理要給二百多人吃，阿隆穿越廚房時聽到洩氣聲，在地上好幾條塑膠瓦斯軟管發出聲音，立刻大聲告訴大家關火關瓦斯桶。赫然發現軟管被踩破一個洞，趕緊請人當場換新管。人群忙碌吵雜，要是引爆死傷一定十分慘重。

另一個是我在樓下辦公室，突然警鈴大作，趕快拿起滅火器，逆向和二樓衝下樓梯的幾百位作業員對撞，好不容易在煙霧迷漫的二樓廠房找到起火點。有一台錫爐冒出火焰，滅火器的白色粉末壓制火源，不然這棟五層樓每層四百坪的廠辦建築要等六公里外的消防隊就來不及。

明哲保身是人之天性，但大家都這樣，災難無人當機立斷挽救，大家都遭殃。

吉凶禍福自有天命，我們的良知良能告訴我們臨難時救人第一而不是自己逃命第一。

業精於勤

很多畢業生面對前途忐忑不安，想到前面許多前輩把所有好職位都佔滿了更沒信心。

阿隆會告訴大家別怕，你可以將整個社會用區隔化，分隔出幾十個甚至幾百個工作項目，選一個你最有興趣的，專心在這小區塊深耕。

夠用心夠精夠勤，你成為這領域的成功者指日可待。

千百年前的前賢智慧並不比現代人差，甚至高出不少，不自卑也不自大，虛心向古今中外聖賢學習，一生必有成。

文字

一九八四年阿隆決定開發純軟體中文系統，動用二十多位同仁分工合作。其中設計中文字型、字體、字數、拼音注音耗去大半人力。

簡體字五千多個、常用正體字七千多個、中文系統標準字一萬三千個、康熙字典四萬七千多字、漢字通用碼七萬五千字。

輸入法有注音、拼音、手寫、倉頡、簡易、其他十多種。

古人求學不易，文人博覽群籍識字量驚人，文字造成階級區隔，若要推行全民教育五千多個字夠用了；若要培養研究學者，可能要二萬多字。

一九八六年在日本成田機場過境日航公司旅館住一夜，在餐廳照著菜單中文字高興點了五道菜，服務很客氣問我不換掉一些嗎？

我很肯定說不換，結果上來五道湯品。明明都是看得懂的中文字，根本不知那已是演化成大和民族的漢字，字義完全不同。

一九八八年自己一人包出租車去居庸關，看到整個隧道壁上雕滿許多漂亮的象形文字，跟楷書字體一樣但完全不認識，它是通行三百年的西夏文字，現在只有少數學者研究西夏文字與漢字的互譯字典。

國喬中文系統大流行期間，分別有幾組人找阿隆要開發他們創造文字系統。他們的文字要用台語發音，字型多半新創。他們以為跟買國喬漢碟中文只要花三千元，當我說出至少開發成本要上億元，他們以為我獅子大開口。

其實那是一整個公司投入研發，其他工作要停擺一年的代價。

意外收穫

前晚打第二劑莫德納疫苗，親朋好友形容悲壯，說有被卡車撞到感。阿隆認真準備要被撞。昨天左臂痛到不行，全身痠痛像分筋錯骨，難怪很像被車撞到。

想說十月九號缺席定了。沒想到經過一夜折磨起床能活動，身為主辦人趕忙搭計程車去會合。

家住距大安森林公園三十公尺的志工錢瑩瑩老師全身勁裝打扮；成大吉他王子謝萬達為躺在綠草如茵坡地的二十六人演唱三曲；葉倫會老師像孔子帶著一群弟子周遊列國；邱勇標系主任賺到天賜善款，他用來提供家境辛苦的學生每天向他領蓋他章的單子到餐廳飽食三餐，他已做了一個月，天賜善款真好用。

阿隆告訴他八十元十二月可遇，祝他資糧更多！

阿隆正在仔細規劃十二場巡迴演講，中南部志工有空歡迎參加，當做志工活動。

高記老闆交給我兩本好書，原來是李文正、張瓊花夫婦送的，一本七八〇頁、一本二九〇頁，我會仔細拜讀的。

邱勇標錄下萬達的吉他演唱，陳瑞龍拍攝許多美照，全體志工互為隱形翅膀，最後梯次十月十六日最熱鬧了。

三十四位，祝福大家賓至如歸！

提早養成好習慣

微笑的好習慣；把話聽完再回話的好習慣；禮讓人緣特好的好習慣；養成積蓄的好習慣；服務大家的好習慣；大量閱讀的好習慣；課前預習、課堂專心，課後複習到懂的好習慣。

這些不必向外求，都是你自己願意就能做到的，做不到只能怪你自己，不要怨天尤人。

還有許多好習慣，等著你去培養出來。

好習慣沒有天生下來就具備！

你可以選擇的

十多年前在台北市立總圖書館，台北成大校友會邀阿隆演講，講題是「如何經營人生」。市長郝龍斌專程來致詞。

那年他打電話到南投山上，請我下山再幫文湖線捷運解困。

趙副總也到場坐第一排，三百多個座位快滿座，有位朋友被介紹來聽講，他很有感應。

原先皈依佛教後來到教會受洗，他的家人父母兄弟姊妹都是警察派出所常客，進出監獄多次。他從小就抗拒一起去偷人東西，被家人虐待卻不還手。

他很痛苦為何自己的原生家庭如此不堪，他被牽連所有工作收入都要被扣做賠償家人因為非作歹而被判的罰緩。

阿隆送他一台筆電供他自己兼差賺生活費，後來蔡國隆教授幫他找了好工作。他表現很好，該公司老闆欣賞他的敦厚謙和以及能力，極力介紹一位單親媽媽與他婚配。

他對給家庭幸福沒有把握，辭去工作不知去向。他曾來信向我致歉，等他想通了以後會再回來當志工。

阿隆告訴過他，你雖然不能選擇家人，但可選擇好朋友的。
上天會眷顧有愛心的人！

人生一波三折是常態

沒人一帆風順過一輩子的。

企家班同學江博文（曾同時擔任多家宏碁關係企業董座），說要是十七歲時認識阿隆，可能他的人生就大不同。

他年輕時除了自己努力外，一定遇到良師益友，才會有今日成就，那是人生精華的傳承。

阿隆跟博文年齡相近，各自學習體悟生命的悲歡離合際遇，必須經歷錘鍊過程，才有一番成就。

阿隆分享給年輕人的用意，就像飛行中飛機飛進亂流區前，請大家提早防備，趨吉避凶。

大學生創業創意競賽

阿隆被邀請為競賽決選做評審。五位評審有三位教授、一位主辦人和有創業經驗的阿隆。

看到入選決賽的各校團隊，個個雄姿英發，西裝套裝男同學女同學器宇不凡，每隊成員三到五人，產品從有形到無形，從硬體、軟體，到服務五花八門。

教授們很專業的考問學生，台上每個人都很緊張，最後輪到阿隆以過來人嘉勉他們：創業初衷要利人利己，想清楚寶貴的幾年青春能為社會做什麼貢獻，大膽去創業不怕難不怕苦，做了就知道什麼地方不足，隨機應變掌握成功契機！

那是別人的

到處都是華廈豪宅出入名流，那都是別人的；名車名酒全身名牌時尚，那都是別人的。

我們祝福他們！這些原本跟我們無關的，不要變成自己的煩惱，好好走自己的路，總有一天會出現在自己成功後的選項中。

第一份薪水

當你憑自己能力付出得到第一份薪水時，請你先感謝上天。

抽出十分之一當你的神奇寶貝，以後有任何收入都留一成。

不要小看這一點錢，十年很快就過去，賺的錢該花該用的都不見了，你存的神奇寶貝就可以展現神奇的威力。

大多數人在職場用十年工夫成為管理階層，是靠勞心勞力去賺錢，大家都形容錢是四條腿，人用兩條腿去追四條腿，很吃力。

當你四條腿的神奇寶貝陣容有了規模，就可以用錢去追錢，迅速致富。

第一份薪水新進員工只是起薪不多，但你要感恩老闆錄用你，不但沒收學費讓你學各種本事，還給你生活費。

心懷感恩在工作上認真表現，一定會被上司重用，你就踏上康莊大道。

極品

衡陽路18號極品軒老闆是令人敬佩的國宴大廚，他的房東是我們志工，企家班、總統府友人常在此宴客。

老闆有天對我說，從樓上看下去衡陽路重慶南口，有兩種不同顏色的路人穿梭，一種就是我們，另一種則是灰色的人們，都很忙碌。我知道他是真的能看到平行世界。

他親手料理廚藝精湛，一下子就變出一道道佳餚。十多年沒光顧，陳力榮歷經人生幾次嚴峻考驗更興旺，找個時間老友們去捧場。

趨吉避凶

如何辨識吉兆凶兆？

首先從局外靜觀，太美好的事別人早就去做了，輪不到我們。其他好壞自己容易判斷。

不輕易答應不會吃虧，最要小心是對方以略為觸法的賺錢徑途來區分誰是適合敲詐。一旦你表示有興趣，你會鈍化自己的警覺，而被引導到更不合理的情境，成為受害人。

知行合一

祝賀龍龍生日快樂！
知行之始，行知之成，知行合一，致良知。
王陽明文武雙全，王啟倫的典範前賢。

你怎麼不害怕

沒創業過的人常問阿隆，面對那麼多不確定的局勢，你怎麼不會害怕？

這個問題我回想起來也有同感，這可能是個性中帶有些無知、有些好奇、有些冒險特質。

我和兒子是不同個性，他是三思甚至四思而行，我則是不想清楚就去做了。自找許多苦吃但心甘情願，他凡事都很淡定，按照計劃去執行。兩相對照，龍龍ＫＯ老爸，人生變幻莫測。

每個人用自己心去面對心所召喚的考驗，會來的自然會來，真誠接納考驗，考不好反省精進，沒什麼好怕的。

失落的夢想

一九八五年創造了中文電腦大流行時代，不少專業領域的前輩找上門談合作。公司尚未累積足夠財力與人力，無法每樣都開發。

有位台北市藥師公會理事長，整理二十多年的疾病自我診斷筆記，整整有一大公事包。身體有任何不適，經過五階層到八階層的診斷，能判斷可能得了什麼病，該如何治療都會有妥善的建議。

他說他年紀大了，中文電腦時代來了，他不會程式設計，打算把這二十年的心血之作賣給我，價錢任我開口就賣。

阿隆當面就開五十萬元支票給他。當年這錢可買一間公寓，他喜出望外老淚溢出，半年後產品定名為——國喬良醫系統。

在當年松山機場的電腦展覽二樓大演講廳舉辦發表會，有二百多位醫師出席，大家反應熱烈。由於太前衛，醫師看診被規定要用筆寫醫囑病歷診斷書，他們沒人敢採用，直到全民健保八年後推行進入電腦化。

公司已發展到其他方向，當初幻想人人先自我瞭解生了什麼病再就醫，如果能再進一步由醫護中心隨時偵測掌握每個人的健康資訊，主動採取醫護措施，電腦與醫師協同作業，電腦集古今中外良醫經驗大成，讓世界各地病人能受到妥善的醫療照護。

成大老人醫院開創未來的健康產業生態圈，充滿許多服務、就業、投資，善奉獻的機會。

善人總動員

要做的善事又浮現一個，有四年好準備，為了所有人的幸福。

幫老人就是幫他一家子人，老人生病他的家人也不好過，老人醫院的設備很多是先進適用銀髮族需要。

成大老人醫院四年後需要這些設備不見得有足夠的經費來添購，有愛心的大家儲備四年善款，眾志成城。

適當時候阿隆請楊宜青院長列出一些不易取得預算，但很有需要的設備及個別單價，我們再來認養捐助。

百人捐一台，十人捐一台，一人捐一台，一人捐多項。

讓有愛心的各位都能快樂為所有人造福，也為來世祈福。

祖傳秘方

母親知道今天我會回台南探望，交代到國華街為她帶喜歡的小吃。昨晚又來電提醒我要給她一瓶藥水。這藥水很奇特用途真廣，是集合四代人的改良，家人自用。

我們三兄弟從小皮肉外傷、牙痛、眼部不舒服、臉冒青春痘都很好用，外祖父的日籍齒科老師傳授給他配方，他行醫改良，他只傳給家母。家母用於美容效果極佳，家母怕失傳，十年前傳給阿隆。

就醫前第一時間應急用很方便，讓我們全家人居家生活能安心。

現代藥局買各成藥很方便，診所醫院林立就醫方便，這種屬於醫藥的品項跟五十年代家家戶戶的藥袋，每個月都有賣藥的來結帳補貨，變成記憶中的家護保健印象。

紅花綠葉

龍龍小時候，鼓勵他去培養各項才藝。有興趣的就學而時習之，人生漫長不是只有讀書。

他居然喜歡彈奏鋼琴，姊姊們會送他琴譜，他自己也會找琴譜自得其樂練。阿隆告訴他至少可以不看譜彈十多曲，在適當時候可以以琴會友。

那一天說不定你代表企業參與國際盛會，還可給人深刻印象。他也喜歡上排球，打到甲組校隊，現在常跟各研究機構主管排球同好以球會友，人脈好廣。

阿隆是以獨唱結識許多產官學研菁英，我和兒子證明紅花還需綠葉配。各位同學除了專業仍要注重其他才藝的養成。

思想自由良知實踐

又是金秋送爽欣賞美好世界的時刻。

有幾個很棒的分享，祝大家假日愉快。

今天上午是最後一次大安森林的導覽活動，盛況空前。謝謝葉倫會老師與志工團隊六場的熱心服務。要不是餐廳地方有限，將會數以百計。

十年來在這公園曾辦過，達摩神功十八式傳授、洪英教授醫學氣功與靜坐，兩場志工學員都超過百人。

上午先在捷運站咖啡店寫好一場講題「思想自由良知實踐」的演講，身體狀況良好的話，會到綠坡為大家獨唱趙元任、劉半農的名曲——「教我如何不想他」。

知足感恩

人在看到生命盡頭時刻，受到關懷還能和有志之士去關懷需要幫助的人，真是幸運。

阿隆昨天和葉倫會老師以及三十多位志工開心度快樂的一天。

我們大家尊崇的成大前校長賴明詔伉儷，去年在台北南一中校友會阿隆演講時為學弟們演奏小提琴與鋼琴。

昨天校長從中研院開會結束趕到高記一起用餐，現場要阿隆再唱一次「教我如何不想他」。恭敬不如從命，就為校長唱了室內版。

跟用盡洪荒之力唱到新生南路上的路人跟我揮手的音量不同，我跟這群愛心志工們報告，上午看到成大老年醫院院長楊宜青，推薦蘭嶼回鄉服務二十年的達悟族護理師張淑蘭的感人奉獻。

當場請龍門基金執行長星期一匯十萬元，以韋啟承的名義祝福一千五百萬元的募款，在各界的關懷下，感恩上天作美，六場戶外活動天氣真好。

感恩能結識這麼多志同道合者齊來行善濟弱扶傾造福世界。

曰圓滿成功！

大將

在山上解惑，才知古姊唐朝大將奉命滅掉高昌全國，冤魂千年來不放過討報。知道原故，數十人訪天山再到高昌古國遺址，她竟然坐在廢墟一個角落，潸然淚下頻頻點頭，口說對不起對不起奉命不得已。

許久才起身說，那是寺廟中心一位和尚出現，說他已等他千年，雖然她今世為女身，但就是滅掉整個王朝的唐朝大將。

我相信倪美芳以前也是威風凜凜的大將，否則怎有那種天生的膽識，她應是人中之龍。

勿強人所難

昔日在上海受邀出席宴會。

阿隆不喝酒，有人很自豪的來到面前，對大家說王董看我面子會喝下這杯酒的。

我微笑禮貌的婉拒，他笑笑的掀起上衣，指著他的肚皮，你若不喝你相不相信我就用刀切進肚子。

什麼！用自己命逼人喝酒！總有一天不知會用什麼狠招挾持別人？

只好喝杯酒，拒絕再跟此人往來。

不宜交往的人不要有開始，不良的本性多些日子觀察一定藏不住的。

複誦

軍事教育有一項嚴格紀律——複誦。

命令下達時，聽令者必須正確複誦命令確保沒聽錯，不只是在沙場，在職場也是一樣。

如果上司交辦而下屬會錯意，離心離德，公司運作必出狀況。

每次開完會若沒結論就沒共識，是很失敗的團隊；或雖有結論，大家陽奉陰違，我行我素，一事難成。

慎始善終

當人能獨力完成一個作品，他就能體會做事心得。
做對的事，把事做對，兩者都很必要。
所謂慎始善終，慎終如始，方能完成一件事。
人生是許多小事交織而成的，每件事都是新的開始。
如何做人靠自己修煉，如何做事須借鏡賢能的人。
書中人物、新聞人物、日常生活所見過的人，把他們的好牢記心中，找對的事做是慎始，把事做對是善終，祝人生旅途愉快！

第三類接觸

單是我們志工，就有多人向阿隆述說他們精彩的第三類接觸。如見到耶穌、聖母，見到寺廟的諸天神聖，與古今中外歷史人物互動，與祖先過世親友接觸，以及各種奇遇。

我來辦個麻瓜聽故事晚會，要容納那麼多人與無形的場地很難找，打算放棄。突然想到已到過大安森林公園辦了多場志工活動，可用晚上時間。有興趣的人帶著墊子席地而坐，阿隆請他們跟大家分享第三類接觸的經驗，必要時加以補充說明。

創業

學歷只有小學，為生活所迫沒能繼續學習國中所教的課程內容，但不妨礙他創業的機會。

他可做中學，可觀摩同行，可請教會的人。

他肯彎腰低頭，展現誠意吃苦耐勞，以勤補拙，心甘情願多付出，多服務，滿足客戶需求。

他做到的，學歷高的人不見得有能伸能屈的柔軟身段。

天生的名片

各位同學，今天很高興跟大家交換名片，不用懷疑，我們都有一張天生的名片。我的名片你喜歡嗎？

人們見面就有印象，大家想知道別人對你的印象，自己照鏡子就知道。

微調出自己喜歡的臉，定型起來，這張臉就是你行走江湖闖蕩天下的名片。

微笑，親切，誠懇，自信。

把你想留給他人的好印象都寫到臉上，參加各項活動時主動和人交換名片，結識許多舊雨新知，慢慢你另一張名片的頭銜變多到最後只剩這張天生的名片。

二十歲前的名片是父母送的，以後就靠自己印。

送客送到電梯口

黃克東教授是王安電腦三角輸入法發明人，他到國喬電腦公司拜訪阿隆談合作，離去時我送他到公司門口。

他回頭以兄長口吻說，今天我教你，以後送客切記要送到電梯口，沒差幾步路，但給人的感受就差多了。

你是做大事的，這對你絕對有意想不到回報。

萬紅一點綠

阿隆阿一照顧小外孫。我們之前教養四個孩子平安長大，現在也是希望孫子平安長大。

女兒有虎媽的傾向，不到三歲的兒子竟然用理性講道理教育。上專業的游泳課、體育課、美術課、化學課、音樂課。

我提醒阿一要用愛教育，我從來沒打過兒子，龍龍還不是快樂無壓力長得很好。讓他產生閱讀的興趣，天地間的智慧就慢慢注入。

年輕一代的教育孩子方式新穎，三十年才知成效。人都有守護靈也在教育這個肉身，有無太多的後天揠苗助長，似乎不會影響人的天賦使命完成。

敵從何來

人常在無意間招惹不友善的敵意，一旦對方認為利益被侵犯，衝突就此產生。

從小總會遇到這種困擾，時間一久，知道阿隆只是喜歡分享，沒有炫耀爭名奪利之企圖。被阿隆同化的都成好友。

昨天張淑蘭小姐從蘭嶼打電話來，她說成大老人醫院院長楊宜青分享她在蘭嶼的努力奉獻，才一天就收到龍門基金匯了十萬元捐款。這筆錢對她意義非凡，彷彿來自天意鼓勵。她沒見過阿隆，更覺得要親自感謝以表達無比的感動。

我們不求名不求利只為蒼生祈福，百分之九十九的有緣人都沒見過我們，這個社會默默付出的人很多，說多做少甚至不做的更多。

大家一起來服務眾人吧，有很多事可幫的。

知己知彼

好好認識自己。

悠遊的水中魚離水就什麼都不是；翱翔的大鵬在地上在水中展翅無用，找出自己感興趣的領域去培養必備的能力。學自己喜歡的再難也不覺苦，真正懂比分數更重要。

很少人精通每一種專業學問，學校成績自己參考。

分數有高有低，沒必要被成績所困憂愁喪志。

如果連自己感興趣的用功後，成績還是欠佳的話，絕對不要自我放棄，在職場仍有大展身手的機會。

通識通才

義務教育各育並重不可偏廢，高等教育跨領域人才須培育，有志之士面臨的磨練，需要多方面的知識能力一起運用。單靠一種絕對不夠。

道理眾人皆知，順著良知良能，不摻雜私欲，大公無私必得最佳成果。

能為這世界有所奉獻的人，都是見多識廣者。

我們從事教育的老師，任重道遠。

與賢士交往

樂於付出是我們的共同點，阿隆因志工李秉宏推薦，艾昌瑞教授邀請到中正大學演講，演講題目最後確定了——人文與企業倫理運作體悟。

三十功名塵與土，八千里路雲和月。

創業的故事，創業的宗旨，創業發起人，投資者，股東，員工，有效的團隊運作。

團隊的榮譽感，來自社會的評價，不受盈虧影響的核心價值，友善世界萬物，利他利己並重。

祝福與感恩

人生不如意事十有八九，都是自己造成的。

如何排難解厄逢凶化吉，有一個簡單有效的方法，各位同學可以做得到。

看到滿街奔馳的機車騎士，為他們祝福平安，也同時感恩他們為這社會的努力。

每個人都有精彩的一生，我們所享受的任何一切便利都是世世代代的人創造的，祝福與感恩每個人我們自己也都蒙福，人人如此社會安和樂利。

內心常懷祝福與感恩，以往覺得不如意的委屈，昇華視為天賜的磨練，你的人生從此人生如意之事十有八九。

許副總

耀文是我的一位很傑出的學弟，是成大工科系的系總幹事，畢業退伍就到國喬就職。

他很有才華，幾年內我拔擢他成為副總，並鼓勵他自行創業會有更寬廣的出路。他曾對同仁說，我們犯錯，王董好像都不會生氣。

他創業後，與從國喬出去創業的同仁們常聚會交換工作心得，都坦言不知不覺做得像王董一樣。以前有人表現不好，我們希望王董能處罰他，這樣才對得起認真做事的同仁。我們自己當老闆做下去，反而同仁會同情犯錯的人，責怪我們無情。

耀文來找我問原因，我說很簡單，我自己也會犯錯，當同仁犯錯可以和氣告訴他改善的方法，千萬不要隨便發脾氣，讓自己無端惹出更多問題。

滿意度調查

請各位同學對現在的你滿意度評分。

滿分是一百分的話，你給自己幾分？你希望達成什麼成就才不枉此生？累積多少財富才滿意？

事業要做到多大才滿意？要享受什麼生活才滿意？房子要多大多漂亮才滿意？伴侶要多俊美才滿意？

絕大多數人一生都為追逐這些目標而虛度人生，別怪阿隆沒提醒。

走完人生你的事跡，只為自私自利而做是會被當的；有為他人而做的善行是被肯定的。生死簿記錄一清二楚。

另有一說死後審判，我會比各位先闖關。我心泰然，也許平凡，但盡全力，問心無愧，隨時可受審判。

廖德祿主任

阿一問我說德祿主任為何跟我那麼要好？勾起往事歷歷在目。

阿隆當年工程科學系的導師陳澤生教授當系主任那年，迎接廖德祿他們這一班新生，阿隆正好奉調台南高雄復盛分公司。陳主任請阿隆代表他致迎新詞，我為他們班對棒球有興趣的同學二十多人，到生產棒球手套的工廠以成本價幫每人買手套，並送他們整套球具，訓練他們打擊與守備。

發現有位同學很認真學，但一直打不到球，就告訴他只要用力揮棒。我算好他的擊球點，精準投去，他終於打到球了，高興的跑上壘包，他就是連國裕。

第一學期班上第一名，第二學期有天早晨看到報紙，竟然刊出成大學生連國裕在游泳池淹水身亡，屍體在陸軍醫院太平間，立刻趕去。

他的大體用六大冰塊圍著，看到連國裕時，他的鼻孔流出沙水，我拿出手帕幫他擦拭，他們班上同學輪流保護他。等他父母從台北趕來，場景甚為哀戚。

陳主任要阿隆到他們班上打氣，振作全班士氣。阿隆告訴一年級全班同學，連國裕同學一定有他的人生抱負，我將來若創業就命名為國裕公司，你們認真讀書將來到這家國裕公司一起服務社稷報效國家。

後來有幾位同學加入，共同開發出純軟體的國喬中文系統，開創華人中文電腦的普及。創業時李明峯學弟帶我去請教他父親，他父親是奇門遁甲傳人，總統府常請教他父親。

李伯父掐指一算說國裕這名字好是好，但十八年而已，建議取名國喬。

廖德祿、黃悅民、陳振興、楊弘成有幾十位傑出的同學和阿隆結下如此深厚的情誼，連國裕應已轉世了，這一世會很好的！

解惑

外資炒作，有題材的就把資金抽調去賺，賺到手再回頭買被它壓低價格的股票。

我們不是職業投資客，沒那種時間和精力同步去跟，所以用閒錢選擇各種指標都最正向的好股票持有到設定的目標。

千萬別被上沖下洗掉，投資行善團善士們真有誠心一定可以如願，沒人當月買當月賣。幸運的話，快則兩個月，慢則再久一點。甚至有人等隔年領股利再伺機賣股。

我們投資但不投機，有別於他人為自己賺錢得失心重，我們有信心能幫急難的窮人賺錢。

人從天意？天從人願？

你看如何？阿隆看各估五成。

無論如何，心存善念，善待萬物。

感謝大家的關心與鼓勵，廖德祿主任的回應如下：

學長是我們同學們的另一導師，言教身教令我們同學們感佩。現更是廣大志工們行公益事業濟扶傾的領袖，是志工們的典範。欣聞成大醫院檢查身體已有改善，但仍需好好休養，不要過度勞累。

祝福學長，古祥安康！領導志工，成就大眾！

志工李奕進回應如下：

阿一學姐更應該問，為什麼有那麼多志工朋友，跟您從陌生到那麼好？

因為學長有領導人的個性，就如同張忠謀董事長前次在玉山論壇提到的，是一個好的領導人，他會有人跟隨，且他知道領著往哪個方向走。學長就是領大家往真、善、美的人生方向走，而且身體力行不怠。

有您真好，謝謝您！

瑞雲校長回應如下：

王董早安吉祥，王董至情至義、有福同享、有難先嚐；先天下之憂而憂，後天下之樂而樂，俠義豪氣是楷模，是表率。

祝福法體安康，富貴年年。矢志奉獻！照耀前路！引領群倫！

開明的父親

父親在台南護校教生物。

阿隆初中一年級導師吳真英是師大生物系第一名畢業，被校長王瑞東到師大聘請到金城初中，那時候阿隆對水族繁殖特別有興趣。在家中前後院，自己去買磚頭、水泥、沙，砌了許多個水池。屋簷下也蓋了水池，水溝被我截斷成五個水池。書桌抽屜用塑膠布、圖釘，變成可以讓魚產卵的產房。

初中三年高中三年，加蓋了溫室，水族館的老闆上門來買熱帶魚去賺錢。念成大還在仁德老家一塊一千五坪土地蓋了一百個養殖池，無償讓堂姊一家人接手，四十年出口積蓄甚豐。

當阿隆公司開發了中文系統，有手寫輸入功能時，回家送父親整套軟硬體。他用中文電腦印出考卷，全校老師很羨慕王老師兒子研發了新工具。

阿隆四個孩子陸續將深造時所用的新工具、新思維反哺老爸老媽，跟當年阿隆的父親感受一樣，欣喜萬分。

孩子青出於藍，以前教他們學習成長，今天向他們學習新知。

成大草蝦

昨天收到冷凍大草蝦，趕緊用薑片、鹽水煮熟。肉質Q彈結實，味道鮮美。恭喜王涵青教授，她是成功大學圖書館館長，是全球草蝦研究學術論文發表最多的學者。去年此時她邀請阿隆到安南校區前瞻蝦類養殖國際研發中心參觀。

這就是兒時的夢境，太棒了。她告許我說花蓮試驗場將蓋好，沒想到這麼快就能從研發中心把繁殖的蝦苗育成商品，可喜可賀！

就讀成大工程科學系一年級，阿隆想成立熱帶魚同好社團，要邀兩人當顧問——廖一久博士（東港水試所所長）、牧野信司（日本熱帶魚研究所所長，全世界第一位成功繁殖霓虹燈魚）。親自到東港水產試驗所拜訪所長，廖所長很驚訝成大有生物系嗎？我說我是工程科學系學生。他問你的養殖技術向誰學的？我說小學起就自己養魚累積的實務經驗。他很高興帶我參觀，心想以後要蓋一個研發中心。

很可惜校方負責輔導學生社團梁主任，起先表示支持，後來看到我邀日本人當顧問就勸阻阿隆。校方不希望有日本人介入學生社團，有兩百多位連署的各系同好期待落空了。

阿隆自己回老家蓋水池去了。另一個平行世界的我，應該如願了吧！

《附錄》

上班族十個成敗的關鍵

一、說人不是

偶爾說人不是，乃人之本性；
但常說人不是者，多爲鮮少自省之人，
是很難相處、很不值得栽培的人。
常批評長輩、老師、主管者，
多習於目無尊長、陽奉陰違、忘恩負義；
常數落同輩、同學、同事者，
多習於唯我獨尊、妒火生心、害人利己；
常指責晚輩、學生、下屬者，
多習於剛愎自用、戾氣相殘、損人傷己。

二、如何表達意見？

有些人拙於表達意見，但有些人則好抒己見。

拙於表達意見者，只要勇於執行，認眞表現，才能並不見得會被埋沒；但如果做事又不積極的話，勢必庸庸碌碌，一生失意。

好抒己見者，若無建設性主張，則易流於批判、挑剔而惹人生厭，就算才高八斗、幹勁十足，亦難被器重。

懂得在關鍵時刻表達切中時弊的意見，同時能提供可行良策，不趾高氣揚、不吹毛求疵、不羞辱他人、不冷嘲熱諷，而能以最誠懇的態度說出肺腑之言，才是最懂得表達好意見的成功者。

三、不能由自己拍板就有失顏面？

很多人常把自己弄得騎虎難下，原因是爲了表示自己是有權位作主的。

逼自己在別人面前作答覆、作承諾，而不懂得以更大的自信，表示必須請示上司來緩衝，避免在倉卒間作出有欠考慮的決定，以爭取較充裕的思考時間並徵詢各方高見。

經常先斬後奏的幹部，必然無法兼顧公司的利益，屢次強迫上司接受既成事實，終將斷送發展前程。

四、能欣賞別人的優點最有福報

你看人不順眼，言行舉止一定充滿不友善的訊息，對方當然不可能回敬你好臉色。相反的，任何人總有可取、可學之優點，只要你懂得欣賞它、肯定它、讚美它，大家都會把你當作知心好友。

別人在你眼中若全無可取之處，你的內心就充斥著許多毫無可取之缺點，導致你的表現不知不覺也流露出那些缺點。

別人在你眼中若都有可取之處，你的內心便充滿著每個人的優點，潛移默化的效應會讓你集大成而成大器。

五、養成收放自如的個性

用撈蝦米的細網去捕烏魚，當然抓不到半條，因爲網目太小，水阻力太大。而如果用捕沙丁魚的網去撈鰻苗，當然一無所獲。

有很多人思慮又密又緊，放不開，對交代別人做的每件事情都放心不下，對自己講過的話、作過的決定立刻懊悔，而常反反覆覆的把自己和周遭的人折磨個半死。

該精明時一點也不含糊，當放手時也毫不反悔，就算可能會不如己意吃點虧，也都會在可承受的限度內，有時候反而會比原先擔心的要好上許多。

能養成收放自如的個性，才會有大的發展格局。

六、把握對事不對人的原則

大部分的人在開會時，都會說自己講這些話都是對事不對人，可是話說完後，把許多人都給得罪光了。爲什麼會這樣呢？

關鍵的原因是講話夾雜了情緒性的字句，譬如：這算什麼！哼！太差勁了！沒見過這麼荒唐的！連小孩看都看得出來！我不好意思批評！見不得人！

如果能心平氣和的拿掉這些攻擊性、情緒化的形容詞，報告的內容一定更容易被接納。如果能進一步加上一些鼓勵的、肯定的、禮貌的言詞，絕對會是非常成功的報告。

這也才眞正做到對事不對人的原則，讓被你說到的對象不但不惱羞成怒和你對抗，還會感激你的寶貴建議。

七、天堂與地獄存乎一念間

所思、所言、所行，沾有下列晦黯氣息者，無異於將自己關進地獄，所有痛苦都是自尋的。

尖酸刻薄、盛氣凌人、爭功諉過、妄自尊大、瞞上欺下、口是心非、爭辯好訟、造謠誹謗、寡廉鮮恥、錙銖必較、貪贓枉法、欺善怕惡、橫刀奪愛、孤僻乖戾、占人便宜、滿腹牢騷、多愁善感、鄙視宗教、抑鬱寡歡、冷漠無情、掠人之美、口無遮攔、逞兇鬥狠、欺師滅祖、不忠不孝、不仁不義、沈不住氣、欺人太甚……（還有很多，請自行補充，自我警惕。）

若所思、所言、所行洋溢下列眞、善、美氣氛者，當即置身於天堂之中。

忠厚老實、謙虛恭敬、反思自省、樂善好施、濟弱扶傾、尊師重道、樂群敬業、能割能捨、絕不遷怒、知過能改、寧肯吃虧、成人之美、敬老尊賢、知書達禮、勤政愛民、寬宏大量、穩重冷靜、熱心服務、守法守紀、慈悲為懷、提攜後進、好學不倦、信仰宗教、樂觀進取、與人分享、歡喜助人、潔身自愛、孝順父母……（還有很多，請自行補充，自我精進。）

八、敗在不懂惜福

能當主管的人，永遠比你想像的還高明一些。

自認爲聰明能幹的上班族，要有心理準備，就是因爲你的領悟力強，再難的東西一學就會，你的主管對你的期望也就高多了，而以直截了當的方式指導你，不會拐彎抹角怕你面子掛不住或承受不起巨大的工作壓力，更不會擔心你會自暴自棄。

雖然這樣的人常被加薪、加獎金、升遷又快，但不少人反而不知惜福，誤會主管對其不客氣、不給情面、要求過分，不平之心冒出後便自毀前程。

自認爲駑鈍、不能幹的上班族，要有自知之明，因爲你學東西較慢、出錯機會很大，沒耐心的主管會放棄指導你；若有幸遇上寬厚、善意的主管，不敢直接指責你，反而會忍痛多花心力爲你惹出來的痲煩善後，從寬接納你的表現，直到你的工作表現和聰明能幹的同事差不多。也許公司剛開始付你的薪水較低，但公司投資在你身上的總成本卻遠高於其他人。

可是有些人一旦脫離生澀的培養期，常得意忘形，不知惜福，忘了主管是多麼寬宏大量的栽培他，不知更賣力，反倒自我膨脹，開始目中無主管，終於自毀前程。

九、人際關係的樞紐

寧可作個讓人可預測、可掌握、可放心的人；太善變的人，別人會不知如何共處。不幸的是，大多數人都是善變的，明明昨天那樣表示，今天卻又改變主意，害你費盡心思去迎合他，卻不知所措，常表錯情。

其實每個人身上都有好幾個鐘擺，眼睛一個、嘴巴一個、臉部一個、手腳一個、身軀一個、心裡一個，連自己也搞不清楚每個鐘擺現在到底盪到哪一邊，更不用說別人會猜得準。

做事講究快速、精確，要在第一時間內作出反應。但要判讀一個人的眞實意向，只靠第一時間所得的資訊就作決定，誤差一定很大。

因爲通常一個人在表達自己眞正的意圖之前，一定先放出幾個模糊或論點迥異的風向球，以探測出要掌握的情報，才說出眞心話。

你只有靠沈著、冷靜、耐心，才能等到眞實的資訊出現。在這之前所得到的任何情報，只可當作不同座標點來參考，千萬別當急驚風，自找苦吃，說不定還惹人生厭。

十、守口如瓶者必受重用

經營者最忌諱身邊的人，得意時到處張揚吹噓，失意時則逢人便大發牢騷，肆意的把公司極敏感的機密外洩，使行銷、人事、財務、管理、研發等各單位人員互相猜忌、派系對立，進而產生公司內部信心危機與公司外部競爭危機等經營問題。

常逞口舌之快的人，不易進入權力中心，道理便在這裡。能守口如瓶的人，個性多屬穩重型，面對突發狀況皆能冷靜應付，遇事從不驚慌，而較禁得起壓力考驗。這是經營幹部必備的。

一個新人在公司有無升遷遠景，端看他能否在第一年就養成守口如瓶的性格。

一個舊人在公司何時會失勢，就看他何時不再守口如瓶。

八個經營盲點

一、人多好辦事？

單打獨鬥，咱們中國人最行；合夥打拚，拆夥則是常見的結局，我創業十五年來，屢試不爽。不論是產品開發，或是市場開發，人一多擺幾個在一起，以爲人多好辦事，卻只見互相排擠、自傷元氣，變得孤軍奮戰。眞是內鬥內行，外鬥外行。

國喬神奇畫家、國喬中文、倚天中文、國喬KSII文書處理、慧星一號文書處理、國喬精算師電子試算表、書中仙文書處理、出版家簡報系統……等許多套裝軟體，早期都是由一個人設計，才有較大的成功機會。那些一開始就由一群高手聯合開發的，很少有成功的可能。公司爲了想讓一群高手相安無事，甚至同心協力共事，不曉得要花多少年工夫，才能想出管理他們的辦法。即使連美國微軟（Microsoft）的老闆比爾蓋茨也深有同感。所以在微軟，即使最複雜的產品，設計人員頂多也只設五人或六人，周邊支援人員不會超過三十人。在台灣，能擺在一起設計軟體的人數，兩人或三人已是超高標準了，再多一定出亂子。

一個人做事，自己跟自己溝通，障礙最少；兩人共事，彼此的默契與互信隔著兩重紗（如圖一，AB與BA是不一樣的，因爲A對B的感覺與B對A的感覺並不相同）；三人共事，溝通障礙也不是表面看到的三重紗，而是六重紗，只要有一絲疙瘩，這六重紗便會一直互動，餘波盪漾不止（如圖二）。以此類推，四人共事就隔了十二重紗，誰能突破這些障礙，誰就是高科技界的領袖。

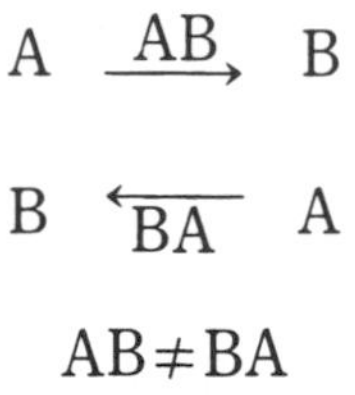

（圖一）

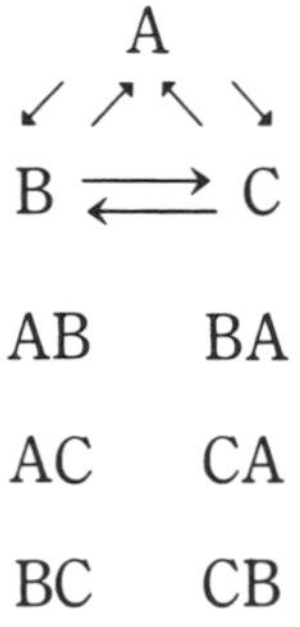

（圖二）

二、消化過的資訊就是寶嗎？

要正確判讀自以爲是的「聰明部屬」所提供的資訊。

自以爲是的「聰明部屬」，喜歡自作聰明，賣弄小聰明，任何一件事，都一廂情願的以自以爲是的觀點去解說，通常會在報告中捨棄事實的陳述，而著力在個人的見解，經營者若不查明事實眞相，僅靠這些人的報告就作決策，常會發生隔了多月、甚至多年後，無意間知道被部屬隱藏的一些眞相而氣急敗壞的窘境。

解決的良策，就是規定報告中一定要有事實陳述，哪些是個人見解也要註明清楚，經營者也才有機會檢視報告者的功力有否進步。

三、為何常發生主管一離職，其屬下的人心就跟著浮動，甚至跟著走？

公司為表示信任主管，多會授權主管有更大的權力去支配公司資源，為員工創造更好的工作環境，員工體察不出這是公司的用意，大多認為欠了主管的恩情，這種固執的認同感導因於一脈單傳的領導結構。人心是公司的基石，人心浮動，公司就沒指望。要穩定人心，可安排兩位以上的優秀幹部為員工的師傅，譬如新進人員，可考慮安排師傅教導其工作技能，每半年換一位；同時安排高階主管為導師，協助其規畫前程，半年一換。多認識、多接近幾位不同風格的賢者，自然不會發生一脈單傳的領導危機。

四、我做到知人善任嗎？

一株長春藤，你用盡辦法，也不可能讓它拔地而起成為巨木。一棵霸王椰，再怎麼栽培，也不可能變成綠蔭如蓋好乘涼的大樹。

不先看清楚品種，就亂栽一通，當然枉費苦心。

人才也是一樣，明明不是帶兵打仗的料子，硬要他當先鋒，當然搞得兵仰馬翻，再精銳的部隊也會變成散兵游勇。他不但不感謝你重用他，還會怪你。你能怪他嗎？只怪你自己不懂知人善任。人被擺錯位子，就被平白糟蹋掉，甚至還得陪葬更多的寶貴資源作犧牲品。

五、好漢做事好漢擔，自惹麻煩自了之。這樣的自了漢眞是好漢嗎？

當你或你的屬下做錯了事，或者沒把事情做好，是不是很不喜歡被上司知道？愈是怕人知道，愈是想躱別人。也許他此刻心裡猛想帶罪立功，或急於力挽狂瀾，想化危機爲轉機後，再讓上司知道，以免被斥責或追究。不幸的是，常常事與願違，問題非但解決不了，破洞反而愈補愈大，等東窗事發、想瞞也瞞不住時，上司想幫忙搶救都來不及。

上司難道是白幹的嗎？上司的存在，難道只是在監督下屬做事嗎？上司負有指導部屬把事做好的責任，所以當你發生問題時，沒有什麼不好意思的，反而更要坦誠的把問題攤開來，請上司給予指點，好共謀良策。就算一切都在掌握中，也要定時將工作的進展情形向上司報告，這樣平時也可聽聽上司的意見，默契才能培養起來。

六、爲善不欲人知，必得人心嗎？

爲善不欲人知，你的屬下是不會感激你的。公司經營管理與做慈善事業並不完全一樣，你有善心，而且爲善不欲人知，最適合做慈善事業，因爲你並不求對方回報你什麼。

但在公司經營管理方面，部屬若不知你對他好，他怎會在工作上好好表現，以答謝知遇之恩？你拔擢了他，加了他薪水、獎金，你幫他排除糾紛，你給他權力，你爲他扛下失敗的責任，甚至還極力避免讓他遭受難堪，但如果不讓他知道你為他做了這麼多，等到發生狗咬呂洞賓、不識好人心的情事時，再七竅冒煙，那可怨不得別人。

不要指望人人都有超能力，不必等你開口就能洞悉你的善心、善行，而發大願為你效死命。

對他好，就要讓他知道！

七、讓心腹在公司內部搞公關就可高枕無憂嗎？

經營者看到有幹部挺身而出，儼然以老闆心腹兼意見領袖自居，在各單位大做公關，就認為自己可高枕無憂，不必再為人事問題傷腦筋，這種經營者最可悲。

因為成事在這類熱心人物上，壞事也都在他身上。要是經營者耳不聰、目不明，就會被他唬得團團轉，等等說又有哪些人不想幹了，一會兒又打聽出許多民怨；你若想出面了解實情，他又會勸你要相信他有辦法擺平，只要照他的方法就安啦！

經營者不要懶到或笨到以為只要帶好最上層的主管，其他人就不必主動接近。因為公司會亂，多亂在有這種放縱式的心腹到處點火，而你還沾沾自喜有用人雅量，有知人之明。

八、早知道當年多投資幾倍錢，現在不知會多賺多少倍回來。真的是這樣嗎？

創業資金好比釣魚的餌，你釣魚時，多撒一倍餌，眞的能多釣一倍的魚嗎？答案當然是不一定。通常只會釣得更少。餌少的人，會省省的撒，用最少的餌釣魚，認眞的釣、用心的釣來一尾又一尾魚，釣得非常實在。但是餌多的人，這岸邊撒幾把，那水域拋幾團，撒餌撒得很過癮，釣起魚來漫不經心，馬馬虎虎，不在意釣到幾尾魚，時間過去了，收穫不但不多，說不定比餌少的人釣的還少很多。

幾十萬、幾百萬，大家對這種數字的感覺很敏銳，但資金多到數以億計時，人的數字知覺就麻痺掉了，不知如何精打細算。

不當的揮霍於是登場，錢多居然有壞處。

資金夠用即可，太多反而害了創業者。

王興隆重要記事

王興隆，台灣省台南縣仁德鄉太子村人，民國四十年六月十二日出生，小學分別就讀台南縣永康國小、新化國小、台南市成功國小。

五十二年　第一志願第二名考入台南市立金城初中，以全勤獎、操行特優獎畢業

五十五年　考入台南一中，並加入國民黨
　高中連任班長、田徑隊隊長
　南一中標槍冠軍、跳高冠軍
　中上聯運合唱大隊隊長
　全省高中合唱比賽冠軍
　台南市運標槍銀牌
　以全勤獎、操行特優獎、體育第一名獎畢業

六　十年　考入成功大學工程科學系

六十二年　獲選為系會總幹事
　全國大專社團負責人研習會

金門戰鬥營隊長

六十三年　合歡山戰鬥營隊長

成大標槍金牌

成大棒球第一投手，蟬聯兩屆全校冠軍

六十四年　成大獨唱比賽男聲第一名

全國大專運動會標槍金牌

六十六年　預官步兵排長光榮退伍

復盛工業公司工廠實務訓練一年

六十七年　復盛空氣壓縮機銷售工程師

六十八年　復盛行銷企畫專員一年

六十九年　創辦國喬電腦公司

代理日本ＡＩ公司電腦

七　十年　開發貿易業專用軟體

七十一年　開發報關業軟體

七十二年　代理美國ＯＳＭ電腦

開發製鞋業軟體

七十三年　開發鑄造業軟體

七十四年　開發漢碟中文系統

七十五年　開發漢江文書軟體

開發雙子星電子試算表

擔任台北市電腦公會常務理事、軟體發展委員會主任委員

授權美國蘋果電腦中文字型

七十六年　開發日本卡西歐中文電腦記事簿

擔任中華民國軟體協會常務理事

擔任台北市成功大學校友會創會理事兼總幹事

榮獲全國傑出資訊人才獎

七十七年　革命實踐研究院工商建設研討會第一期結業，同期學員有王志剛、楊世緘、薛琦、張光正、黎昌意、司徒達賢、陳朝威、施顏祥、陳明璋、陳明邦、李成家、林大侯等二十九位

擔任電腦公會大陸工作委員會主任委員

擔任團長，率團赴北京、西安、洛陽、南京、杭州……等五十五個科研機構考察十四天，三位電視記者、四大報記者隨團採訪報導

開發KS3文書軟體

創辦龍王科技公司

七十八年　連任台北市電腦公會常務理事
開發國粹軟體
開發中文檢索軟體
七十九年　二度率團，與六十六位資訊界經營者在北京與二百位全大陸科研單位領導合辦兩天研討會，再赴上海、深圳考察
連任成大校友會理事
八　十年　承辦IBM OS／2中文化專案
開發筆記型電腦專用個人資訊管理軟體
八十一年　三度率一百二十位資訊界負責人至上海參加電子一條街動土典禮
開發個人電腦中文作業系統DOS，並公開核心技術
八十二年　開發全球第一台中文掌上型電腦及視窗版文書軟體
全國科技記者聯誼會推舉爲最佳首長
與施振榮先生同時受聘爲台北市電腦公會顧問
開發日本卡西歐中文標籤列印機
連任成大校友會理事
八十三年　政大企研所企業家班結業，獲選爲第一任班長（八十一年八月至八十三年五月）

八十四年

開發電腦動態繪圖多媒體軟體「神奇畫家」

「神奇畫家」榮獲「全國十大傑出中文資訊產品獎」

接受同業推舉，接掌上海電子街振興任務

美國杜蘭大學（美國衆議院議長金格瑞契母校）企管碩士畢業

連任成大校友會理事

「神奇畫家」光碟榮獲「全國傑出資訊應用獎」，由總統、行政院長頒獎表揚

開發一九九五立委選戰風雲光碟

出任台北大衆捷運公司董事

後記

感恩大家成全新版印製分享後起之秀

成大校友第一熱心助人的是倪美芳。

我幫好友印好書義不容辭，美芳居然發起助印新版《淘氣阿隆》。她是我很難拒絕的好朋友，送大家電子書分享就好。

她說好多人要實體書！

感謝大家就依美芳意思，為了回報助印之盛情，阿隆統計後每位致贈非常精美的二〇二二年故宮國寶名畫月曆。有十二張可分別裱框成為展示藝術品。

謝謝時報文化出版公司董事長趙政岷又被美芳出公差，願意承印。

助印名單

吳同正、吳惠文、詹婧、李盈、李映志、張瓊花、林免、蔡欣穎、郭宛柔、李芫沅、李固窮、朱建芳、張勝龍、吳阿祝、侯毅群、汪永芬、蕭人琬、陳雪霞、陳賢俐、李妍醇、許美卿、林淑惠、林貴雀、李秉宏、陳艾鳳、黃忠熙、施喜燕、洪得耀、郭杏元、張淑卿、王時成、黃培玟、劉茂林、王銘瑜、鄭舜之、邱黃肇崇、潘治平、李玉梅、陳耀銘、洪麗分、吳佳欣、趙維義、林賴錦、雷墿坤、雷詠然、雷喬雯、雷喻雯、金香蘭、倪宜琳、林均樺、林廷旭、王康玲、陳娟娟、謝萬達、張瑞雄、趙唯甯、趙德玉、梁聿娟、鄭婕筠、錢卉菱、張明生、陶自強、潘淑梅、李如獎、陳葆芬、莊麗珠、蔣志清、何梓群、劉國華、蔡智雄、江映屏、王俊人、鄭賢隆、葉怡廷、楊美娟、錢瑩瑩、馮小蕙、黃豪、陳麗玉、林偉信、陳麗娟、蔡國旭、劉明玲、王啟芬、王啟芳、王啟芸、王啟倫、黃麗珠、莊覲瑄、文華暄、張皓婷、文錫懋、張皓瑋、張榮堯、陳喜美、周鈺軒、周鈺珊、張美蘭、黃美玲、陳覬安、陳志南、陳玟伃、楊碧霓、黃麗貞、李涵瑜、謝旭英、易燕芳、李明憲、陳彩鳳、鄭世揚、陳明智、劉桂芬、許瑞青、陳美玲、張淑梅、蘇慶陽、王錦貴、王連成、董敏玲、宮榮敏、黃聖光、吳秀員、林伯祿、謝旺成、陳宣豫、陳俞臻、陳祈宏、吳健豪、吳健銘、陳光瑋、張潤瓊、劉謙儒、謝馨瑩、劉緯華、徐麗霞、王亭絜、王亭鈞、羅麗莉、呂季真、徐瑞敏、倪美芳。

PEOPLE 474

淘氣阿龍：分享24位名人的童年往事

作　者—王興隆
主　編—謝翠鈺
企劃主任—賴彥綾
封面設計—陳文德
美術編輯—趙小芳

董事長—趙政岷
出版者—時報文化出版企業股份有限公司
108019台北市和平西路三段二四〇號七樓
發行專線—（〇二）二三〇六六八四二
讀者服務專線—〇八〇〇二三一七〇五
（〇二）二三〇四七一〇三
讀者服務傳真—（〇二）二三〇四六八五八
郵撥—一九三四四七二四時報文化出版公司
信箱—一〇八九九　台北華江橋郵局第九九信箱

時報悅讀網—http://www.readingtimes.com.tw
法律顧問—理律法律事務所　陳長文律師、李念祖律師
印　刷—勁達印刷有限公司
初版一刷—二〇二一年十一月二十六日
定　價—新台幣三八〇元
（缺頁或破損的書，請寄回更換）

時報文化出版公司成立於一九七五年，
並於一九九九年股票上櫃公開發行，於二〇〇八年脫離中時集團非屬旺中，
以「尊重智慧與創意的文化事業」為信念。

淘氣阿隆：分享24位名人的童年往事 / 王興隆作. -- 一版. --
臺北市：時報文化，2021.11
面；　公分. -- (PEOPLE；474)

ISBN 978-957-13-9698-9(平裝)

863.55　　110018902

ISBN 978-957-13-9698-9
Printed in Taiwan